巴金散文系列

黑土集

山东画报出版社
济南

图书在版编目（CIP）数据

黑土集/巴金著. —济南：山东画报出版社，2023.4
（巴金散文系列）
ISBN 978-7-5474-4224-1

Ⅰ. ①黑… Ⅱ. ①巴… Ⅲ. ①散文集－中国－现代 Ⅳ. ①I266

中国国家版本馆CIP数据核字(2023)第045789号

HEITU JI
黑土集
巴　金 著

巴金故居策划

责任编辑 怀志霄
装帧设计 蔡立国

主管单位 山东出版传媒股份有限公司
出版发行 山東畫報出版社
社　　址 济南市市中区舜耕路517号　邮编 250003
电　　话 总编室（0531）82098472
市场部（0531）82098479
网　　址 http://www.hbcbs.com.cn
电子信箱 hbcb@sdpress.com.cn
印　　刷 山东临沂新华印刷物流集团有限责任公司
规　　格 130毫米×185毫米　32开
9印张　6幅图　9.85千字
版　　次 2023年4月第1版
印　　次 2023年4月第1次印刷
书　　号 ISBN 978-7-5474-4224-1
定　　价 48.00元

如有印装质量问题，请与出版社总编室联系更换。

巴金摄于1940年

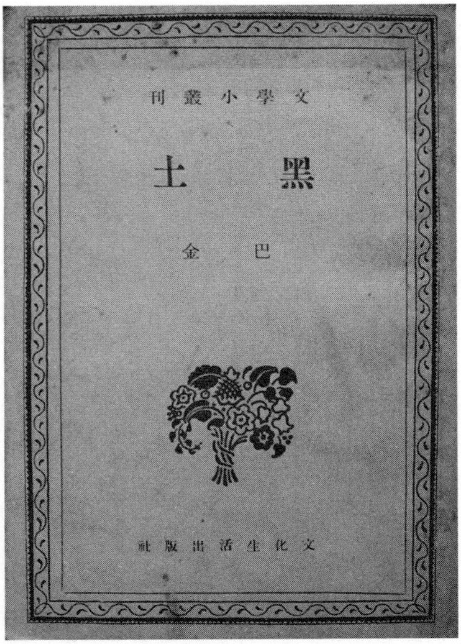

《黑土》1941年2月再版本书影

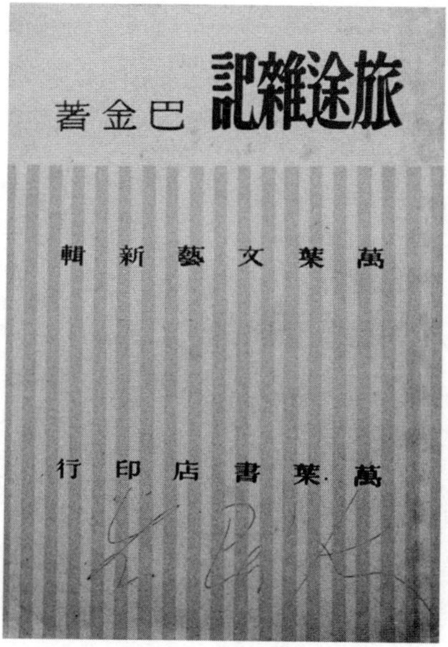

《旅途杂记》初版本书影

《旅途杂记》，香港南国出版社1963年2月翻印本书影

世紀風

盧騷與羅伯斯比爾 巴金

炫耀的隱語

（第四週）

文抗工作者義賣週

十六圖

「悲傷的曲調」

《卢骚与罗伯斯比尔》一文在1939年5月17日《文汇报·世纪风》刊出

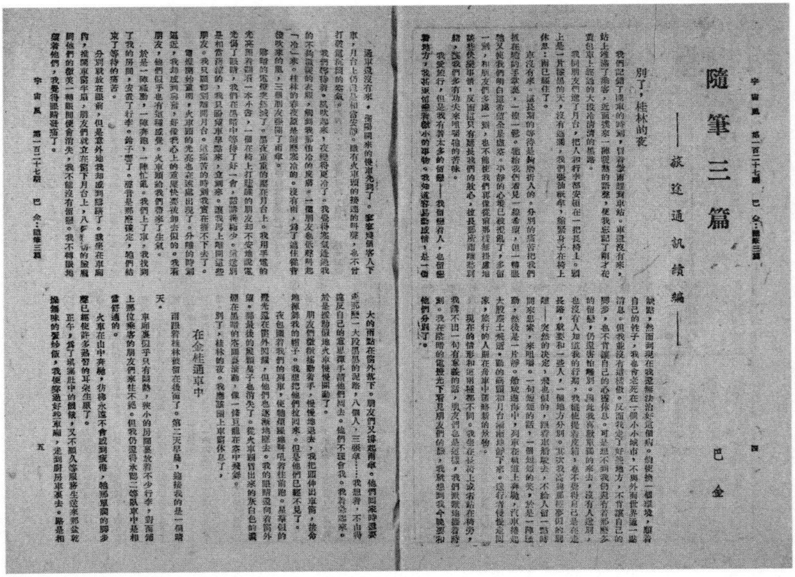

巴金《随笔三篇：旅途通讯续编》（含《别桂林及其它》等文）在1942年9月《宇宙风》第127期刊出

出版说明

本书由《黑土》《旅途杂记》及附录三部分组成。

《黑土》，巴金编文学小丛书第一集，文化生活出版社1939年10月初版，收巴金1939年所写散文。巴金在《前记》中说，这是一组“回忆”的文章，写了自己的朋友，也有抗战中的平民，还有法国大革命中的历史人物，“这些人在我一生中多少有过一点影响”。本书部分篇章经修订后收入《巴金文集》第十卷（人民文学出版社1961年10月版），全文又收入《巴金全集》第十三卷（人民文学出版社1990年4月版）。

《旅途杂记》，索非主编万叶文艺新辑之一种，万叶书店1946年4月初版，收巴金1940—1942年间所写散文（唯有《从南京回到上海》写于1932年）。巴金在本书《前记》中说：“文章都是这五年间在桂（桂林）、筑（贵阳）、渝（重庆）、蓉（成都）的旅寓中写成的。”本书部分篇章经修订后收入《巴金文集》第十一卷（人民文学出版社1961年10月版），全文又收入《巴金全集》第十三卷和第十二卷（《从南京回到上海》）。

本书附录《关于〈火〉》写于1980年，为编者所加。其中有对抗日战争全面爆发后作者生活和创作的回忆，可以与当年写作的文字参照阅读。

此次据《巴金全集》本排印，个别文字和用法仍保持原貌，并未根据当下编校规范修改和统一。

目　录

黑　土

旅途杂记

附　录

黑 土

前　记

收在这个集子里的几篇文章都是在《回忆》这个总题目下写成的。“九・一八”那年我就开始写我的“回忆”，后来编印过一本叫做《忆》的散文集，那是我的断片的生活记录，也可以算是我这个渺小的人的平凡的自传罢。

《忆》出版后到现在也有几年了。我本来不想再写回忆过去的文章，我更不想多叙说自己的事。但是今年春天，我答应给一位孤岛报纸副刊的编辑帮忙时，又开始写下了我的“回忆”。我选择这样的题目，只是为着避免给别人招来麻烦。不过这次我写的也和从前所写的不同。我写别人，更多过写我自己。我不但写了我的那个充满着“耶稣”精神的朋友，写了献金的乞丐和被炸垂死的平民，我还写了卢骚、马拉、罗伯斯庇尔，等等。这些人在我一生中多少有过一点影响。……

巴金　1939年8月。

黑　土[*]

乔治·布朗德斯[①]在他的《俄罗斯印象记》[②]的末尾写过这样的话：

---

* 本篇最初发表于一九三九年六月十六日《宇宙风》第八十期。

① 乔治·布朗德斯（G. Brandes，1842—1927）：丹麦文艺批评家。

② 指英译本，一八八九年伦敦版。

黑土，肥沃的土地，新的土地，百谷的土地……给人们心中充满了悒郁和希望的广阔无垠的原野……

我只记得这两句，因为它们深深地感动了我。我也知道一些关于黑土的事。

我在短篇小说《将军》里借着中国茶房的嘴说了一个黑土的故事：一个流落在上海的俄国人，常常带着一个小袋子到咖啡店去，“一个人坐在角落里，要了一杯咖啡，就从袋子里倒出了一些东西……全是土，全是黑土。他把土全倒在桌上，就望着土流眼泪”。他有一次还对那个中国茶房说：“这是俄罗斯母亲的黑土。”

这是真实的故事，我在巴黎听见一个朋友对我讲过。他在那里一家白俄的咖啡店里看见这个可感动的情景。我以后也在一部法国影片里见到和这类似的场面。对着黑土垂泪，这不仅是普通怀乡病的表现，这里面应该含着深的悒郁和希望。

我每次想起黑土的故事，我就仿佛看见：

那黑土一粒一粒、一堆一堆地在眼前伸展出去，成了一片无垠的大草原，沉默的，坚强的，连续不断的，孕育着一切的，在那上面动着无数的黑影，沉默的，坚强的，劳苦的……

这幻景我后来也写在小说《将军》里面了。我不是农人，但是我也有对土地的深爱；我没有见过俄罗斯黑土，不过我也能了解对黑土垂泪的心情。沉默的，肥沃的，广阔无垠的，孕育着一切的黑的土地确实能够牵系着朴实的人的心。我可以想象那两只粗大的手一触到堆在沾染着大都市油气的桌面上的黑土，手指一定会触电似地颤动起来，那小堆的黑土应该还带着草原的芬芳罢，它们是从“俄罗斯母亲”那里来的。

不错，我们每个人（不管我们的国籍如何）都从土地里出来，又要回到土地里去。我们都是土地的儿女。土地是我们的母亲。

但是我想到了红土。对于红土的故事我是永不能忘记的。在我的文章里常常有“耀眼的红土”的句子。的确我们的南方的土地给我的印象太深了。我一生中最快乐的日子（可惜非常短促）就是在那样的土地上度过的。

土的颜色说是红，也许不恰当，或者实际上是赭石，再不然便是深黄。但是它们最初给我的印象是红色，而且在我的眼前发亮。

我好几次和朋友们坐在车子里，看着一座一座的小山往我们的后面退去。车子在新的、柔软的红土上面滚动。在那一片明亮的红色上点缀着五月的新绿。不，我应该说一丛一丛的展示着生命的美丽的相思树散布在我们的四周。它们飘过我的眼前，又往我身后飞驰去了。茂盛的树叶给了我不少的希望，它们为我证实了朋友们的话；红色的土壤驱散了我从上海带来的悒郁。我的心跟着车子的滚动变得愈年轻了。朋友们还带着乐观不住地讲述他们的故事。我渐渐地被引入另一个境界里去了，我仿佛就生活在他们的故事中间。

是的，有一个时候，我的确在那些好心的友人中间过了一些日子，我自己也仿佛成了故事中的人物。白天在荒凉的园子里草地上，或者寂寞的公园里凉亭的栏杆上，我们兴奋地谈论着那些使我们的热血沸腾的问题。晚上我们打着火把，走过黑暗的窄巷，听见带着威胁似的狗吠，到一个古老的院子去擿油漆脱落的木门。在那个阴暗的旧式房间里，围着一盏发出微光的煤油灯，大家怀着献身的热情，准备找一个机会牺牲自己。

但是我们这里并没有正人君子，我们都不是注重形式的人。这里有紧张的时刻，也有欢笑的时刻。我甚至可以说紧张和欢笑是常常混合在一起的。公园里生长着许多株龙眼树，学校里也有。我们走过石板巷的时候，还看得见茂盛的龙眼枝从古老院子的垣墙里垂到外面来。我见过龙眼花开的时候，我也见过龙眼果熟的时节。在八月里我们常常爬到树上摘下不少带果的枝子，放在公园凉亭的栏杆上，大家欢笑地剥着龙眼果吃；或者走在石板巷里我们伸手就可以攀折一些龙眼枝，一路上吃着尚未熟透的果实。我们踏着长春树的绿影子，踏着雨后的柔软的红土，嗅着牛粪气味和草香，走过一些小村镇，拜望在另一个地方工作的友人。在受着他的诚挚的款待中，我们愉快地谈着彼此的情况。

有一次我和另一个朋友在大太阳下的红土上走了十多里路，去访问一个友人的学校。我们的衬衫被汗水浸透了，但是我们不曾感到丝毫的疲倦。我们到了那个陌生的地方，新奇的景象使我们的眼睛忙碌，两三小时的谈话增加了我的兴奋。几十个天真孩子的善良的面孔使我更加相信未来。在这里我看见那个跟我分别了两年的友人。她已经改变得多了。她以工作的热心获得了友人的信赖。她经过那些风波，受过那些打击，甚至寂寞地在医院里躺了将近一年以后，她怀着一颗被幻灭的爱情伤害了的心，来到这个陌生的地方，在一群她原先并不认识的友人中间生活了一些时候，如今却以另一种新姿态出现了。这似乎是奇迹。但是这里的朋友都觉得这件事情很平常。是的，许多事情在这个地方都成为平常的了。复杂的关系变成简单。人和人全以赤诚的心相见。人了解他（或她）的朋友，好像看见了那个人的心。这里是一个和睦的家庭，我们都是兄弟姊妹。在欧洲小说中常常见到的友情在南国的红土上开放了美丽的花朵。

在这里每个人都不会为他个人的事情烦心，每个人都没有一点顾虑。我们的目标是“群”，是“事业”；我们的口号是“坦白”。

在那些时候，我简直忘掉了寂寞，忘掉了一切的阴影。个人融合在群体中间，我的“自己”也在那些大量的友人中间消失了。友爱包围着我，也包围着这里的每一个人。这是互相的，而且是自发的。因为我是从远方来的客人，他们对我特别爱护。

我本来应该留在他们中间工作，但是另一些事情把我拉开了。我可以说是有着两个“自己”。另一个自己却鼓舞我在文字上消磨生命。我服从了他，我写下一本、一本的小说。但是我也有悔恨的时候，悔恨使我又写出一些回忆和一些责备自己的文章。

悔恨又把我的心牵引到南方去。我的脚有时也跟着心走。我的脚两次、三次重踏上南国的红土。我老实说，当那鲜艳的红土在无所不照的阳光下面灿烂地发亮的时候，我真要像《东方寓言集》里的赫三那样跪下去吻那可爱的土块。[①]我仿佛是一个游子又回到慈母的怀中来了。

现在我偷闲躲在书斋里写这一段回忆。

---

① 见《东方寓言集》里的《赫三怎样落了裤子》。《东方寓言集》一名《猪的故事》，俄国陀罗雪维支著，胡愈之译，上海开明书店出版。

我没有看见那红土又有几年了。我的心至今还依恋着那个地方和那些友人。每当这样的怀念折磨我的时候，我的眼前就隐约地现出了那个地方的情景。红土一粒一粒、一堆一堆地伸展出去，成了一片无垠的大原野，在这孕育着一切的土地上活动着无数真挚的、勇敢的年轻人的影子。我认识他们，他们是我的朋友。我的心由于感动和希望而微微地颤抖了。我也想照布朗德斯那样地赞叹道：

> 红土，肥沃的土地，新的土地，百谷的土地……给人们心中充满了快乐和希望的广阔无垠的原野……

我用了“快乐”代替布朗德斯的“悒郁”，因为时代不同了，因为我们南方的青年是不知道“悒郁”的。

但是在那灿烂的红土上开始出现了敌人铁骑的影子了。那许多年轻人会牺牲一切，保卫他们的可爱的土地。我想象着那如火如荼的斗争。

有一天我也会响应他们的呼唤，再到那里去。

1939年春在上海。

南国的梦

一个星期来许多报纸上关于鼓浪屿的记载使我想起一些事情。我好久不曾听见那个地名了，我以为我已经忘记了它。这半年来我忘记了许多事情，我也做过不少的噩梦。在梦里我不断地挣扎，我和一切束缚我的身体的东西战斗。梦魇常常压得我不能够动弹。我觉得窒闷。最近一连三四个月，我就做着闷得人透不过气来的梦。……

鼓浪屿这个地名突然冲破梦的网出现了。它搅动了窒闷的空气。……我现在记起那个日光岩下的岛屿，我记起一些那里的景象和住在那里的朋友。我记起我从前常常说到的“南国的梦”。

我第一次去鼓浪屿，是在一九三〇年的秋天。当时和我同去的那位朋友今天正在西北的干燥的空气里，听着风沙的声音，他大概不会回忆南国的梦景罢。但是去年年底在桂林城外一个古老的房间里，对着一盏阴暗的煤油灯，我们还畅谈着八九年前令人兴奋的旅行。我们也谈到厦门酒店三楼的临海的房间。

当时我和那位朋友就住在这个房间里。白天我们到外面去，傍晚约了另外两三个朋友来。我们站在露台上，我靠着栏杆，和朋友们谈论改造社会的雄图。这个窄小的房间似乎容不下几个年轻的人和几颗年轻的心。我的头总是向着外面。窗下展开一片黑暗的海水。水上闪动着灯光，飘荡着小船。头上是一天灿烂的明星。天没有边际，海也是。在这样伟大的背景里，我们的心因为这热烈的谈论而无法安静下来。有一次我们抑制不住热情的奔放，竟然匆匆地跑下码头，雇了划子到厦门去拜访朋友。

划子在海上飘动，海是这样地大，天幕简直把我们包围在里面了。坐在小小划子里的我们应该觉得自己是如何地渺小罢。可是我们当时并没有这样的感觉。我一直昂起头看天空，星子是那样地多，它们一明一亮，似乎在眨眼，似乎在对我说话。我仿佛认识它们，我仿佛了解它们的语言。我把我的心放在星星的世界中间。我做着将来的梦。

这是南国的梦的开始。我在鼓浪屿住了

三天，便在一个早晨坐划子把行李搬到厦门去，搭汽车往前面走了。

美丽的、曲折的马路，精致的、各种颜色的房屋，庭院里开着的各种颜色的花，永远是茂盛和新鲜的榕树……还有许多别的东西，鼓浪屿给我留下的印象是新奇。我喜欢这种南方的使人容易变为年轻的空气。

在一个古城里我们住下来。我在改建后的武庙里住了一个月光景。我认识了一些朋友，也了解了一些事情。在那里一间古老的小楼中，我发烧到一百零二度以上，但是我始终没有倒下去。我反而快乐地帮助朋友料理一个学校的事情。在这个学校里我第一次会见那个后来被我们戏称为“耶稣”的友人。他喜欢和年轻的学生在一起，他常常和他们谈话四五个钟点不间断。他诚恳地对他们谈着世界大势和做人的态度。他在这个学校教书，同时还在另一个校址在文庙的中学兼课。他比我迟两三天来到古城，我和他见面的时间并不多。我们分别的时候，我记得他穿着蓝色西装上衣和白色翻领衬衫，服装相当整齐，他可以被称为漂亮的青年。

两年后的春天里，在上海“一·二八”战争结束以后，我搬出我留在闸北的余物，寄放在亲戚的家中，便和一个年轻的友人同路再作南国的旅行。

我又来到鼓浪屿了。两年的分别使我看不出它有什么改变。我和年轻朋友在那没有汽车、电车或黄包车的马路上散步，沿着蜿蜒的路走上山去。我们还在有马来人守门的花园里，坐在石凳上，毫无顾忌地谈着种种事情。但是傍晚我们却不得不冒雨回到厦门的住处去。第二天一早我们又往那个古城走了。

到了古城，在这天的黄昏我便到那个文庙里的中学去看“耶稣”。是的，在这时候他已经得着“耶稣”的绰号了。不过他自己并不知道，只是几个朋友私自地这样称呼着。我在学校的办公室里遇见几个朋友，我正和他们谈话，忽然一个人在后面拍我的肩膀。我回过头看，我迟疑了一下，我记不起这黑瘦的面貌。但是那双奕奕有神的眼睛不能够是别人的。一定是他。我便伸出手去。我看他的微驼的背，我看他一身肮脏的灰布学生服，我看他一头蓬乱的头发，我看他陷入的两颊。

“你看我做什么？你不认识我吗？”他坦然笑问道。

我也只好微笑。我不能对他说他瘦得多了，老得多了，他的健康坏了。我不能够。我只说想不到两年的功夫他竟然作了这个学校的主持人。

晚上我睡在他的房间里，他们为我安置了帆布床。煤油灯被吹熄后，一屋子都是蚊虫声。他却睡得很好。我不能睡。我睁开眼睛，望着阴暗的空间，我想到今天听见人谈起的这个朋友的痔疮和虱子的事。两年前他穿着翻领衬衫的姿态在黑暗中出现了。这两年间一个人的大量牺牲和工作成绩折磨着我。我拿我自己的生活跟他的相比。我终于不能忍受这寂寞，我要出去走走。我翻身站起来，无意间一脚踏灭了蚊香，发出了声音，把睡在对面帆布床上的他惊醒了。

“你做什么？还没有睡？”他含糊地问道。

“我闷得很，”我烦躁地回答。

“你太空闲了，”他梦呓似地说了这一句，以后就没有声音了。我再说话也听不见他的回答。

的确比起他来我太空闲了，也许太舒服了罢。但是难道他就比我有着更多的责任？这是苦恼着我的问题。

我在这间房里和他同住了一个多星期，看惯了他怎样排遣日子。我离开他的时候，他依恋地对我说，希望我将来还能够再去。他又说：“倘使学校还能够存在的话，你下次给我们带点书来罢。”

在汽车中我和那个陪伴我的朋友谈起“耶稣”，那个朋友耽心着他的健康，说起他每次大便后总要躺一两个钟点才能够做事的话。我把那个朋友的每一个字都记在心上，我说我要和另一些朋友想一个妥当的办法。

我的办法并没有用。但是我却不曾忘记朋友的嘱咐，为那个学校的图书馆捐了两箱书去。学校虽然还处在风雨飘摇的境地，可是它已经克服了种种的困难而继续存在了。

第二年我又去访问那个学校。这一次是和一个广东朋友同去的。去年在粤汉路银盏坳小站的废墟中，我们在残毁的月台上候车的时候，我还和这个朋友谈起那一次的旅行。我们重复说着一九三三年我们两人在鼓浪屿厦门酒店中（还是那同样的房间）谈过的话。我们谈论着我们的朋友“耶稣”。这是八月的夜晚，工人们忙碌地在被炸毁的车站房屋的旁边建造一间简单的茅屋，他们有的还爬在屋梁上用葵叶铺盖屋顶。我曾经指着这茅舍对朋友说：“这就是我们‘耶稣’的工作，他会把碎片用金线系在一起，他会在废墟上重建起九重宝塔来。”

他的确能够在废墟上重建宝塔的。我们第三次在学校里看见“耶稣”，他显得更瘦、更弱了。他过着更勤苦的生活。他穿着更破烂的衣服。他花去不少的时间和学生们谈话。

他热心地对几班学生讲授数学的功课。这一次我们谈了不少的话，商量了不少的事情。但是每一次我提到他的病，说起他应该休养的话，他总是打岔地说："我们不会活到多久的，我们应该趁这时候多做一点事情，免得太迟了。"

我看见他用过度的工作摧残自己的身体，我看见他用自己的生命换来一点点工作成绩。我不能够责备他。我倒应该责备自己。我们的确太需要工作了。我自己不能代替他工作，别的空话便都没有用。这个学校里充满着殉道者的典型，但是他比别人表现得最完全。在他们的面前我显得太渺小了。在他们中间我做了几天的美丽的南国的梦。

一个多月以后我游历了广东乡村回来，路过鼓浪屿，我们的船停在海中，在开船前的六七小时，两个朋友从古城赶到了。他们到船上来看我。我们三个人坐划子到那个美丽的岛屿去。这一次我们攀登了日光岩。在最高的峰顶上眺望美丽的海。我们剥着花生，剥着荔枝，慢慢地吃着，慢慢地把荔枝皮和花生壳抛到下面海滩上去。我们听着风声，听着海水击岸的轻微的声音。我们畅谈着南国的梦。我们整整谈了两个钟头，我们愉快地笑着。我的眼前尽是明亮的阳光和明亮的绿树。在这个花与树、海水与阳光的土地上我们做了两小时的南国的梦。但是吃过中饭我应该回轮船去了。

这两个朋友把我送到船上。我们分别的时候，我把剩余的旅费拿出来托他们转交给“耶稣”，要他用来治病。这只是一个关心他的友人的一点敬爱的表示。

船到下午五点多钟才离开厦门。它掉转身的时候，我还留恋地投了一瞥最后的眼光在那形状奇特的岩石上，还有岩石中间的小桥，先前我们明明走过的，现在它显得这么高，这么小。但是船再一转动，鼓浪屿便即刻消失了。我的眼前只有花和树、海水和阳光。

在上海我得到“耶稣”的信，知道他不曾医病，却用那笔款子帮助了一个贫苦的学生读书。第二年在北平朋友告诉我“耶稣”带了二十多个学生到上海，预备作徒步旅行。又过一年在东京我知道“耶稣”又带着十几个学生第二次到北方徒步旅行。这个患痔疮的人简直在戕害他自己了。

我从东京回来，不久他也从北方旅行归来了，这一次他坦白地说出他的身体有点支持不住的话。这是第一次。话进了我的耳里，倒使我的心发痛了。我以为我们有理由说服他留在上海医病。但是他依旧坚决地跟着这一班学生走了。临行时他还留恋地说他愿意和我们在一起工作的话。

一九三七年夏天他离开了古城，到广州去。他也许是抱着医病的目的去那里的。这对于我们是一个好消息。但是“八·一三”民族解放的战争爆发，点燃了他的沸腾的血。他怀着不能抑制的热情回到那个古城去了。我知道在那里有着更忙碌的工作等待他。我相信他会把他的工作范围扩大。在那里还有不少富于献身精神的青年朋友给他帮忙。

这一次我不能再拿疾病作理由来劝阻他了。这是他的责任，因为他比别人有着更多的机会和能力。我们民族的生存和自由受到侵害的时候，保卫它们便是我们的第一件工作。他就是这样地主张的。现在轮到他来实现他的这个主张了。以他那样的毅力和能力，一定可以做出比过去更大的成绩来。

我去年十月从广州出来以后，走了不少的地方，始终没有直接得到“耶稣”的信息。不过我从别处知道他忙碌地在古城里工作。他准备着有一天用有组织的民众的力量来歼灭侵略者的铁骑。

现在鼓浪屿骚动起来了。铁骑踏进了花与树、海水与阳光的土地，那个培养着我的南国的梦的地方在敌人的蹂躏下发出了呻吟。

然而使我激动的是行动的时刻到了。鼓浪屿的骚动一定会引起更大的事变。铁骑深入闽南的事情是可以想到的。敌人也许不会了解，但是我更明白，倘使敌人果然深入肥沃的闽南的土地的话，那么在那里得到的一定不会是胜利，而是死亡。那时我的南国的梦中最“奇丽”的一景便会出现了。

我怀念着南国的梦中的友人，我为他们祝福。[1]

1939年春在上海。

① 这篇回忆是在我十分激动的时候写成的。我当时写的并不是真实的人，大部分是我自己的幻想。一九四七年我在上海再见到“耶稣”，我对他的看法已经改变了。我最近在一篇文章里说过这样的话：“我也曾把希望寄托在几位朋友的教育工作上，用幻想的眼光去看它们，或者用梦想代替现实，用金线编织的花纹去装饰它们，结果还是一场空，我不仅骗了自己，也骗了别人。”用这几句话来解释以上的两篇回忆，也很恰当。（一九五九年注）

在广州*

一　六月六日

六月六日上午，第二次日机的轰炸开始，我和几个朋友躲在一座四层洋楼的底层。我站在门口听见敌机在我们的头上盘旋，听见

* 本篇中的第三节曾以《八月十六日夜在广州》为题，发表于一九三九年五月三日《文汇报·世纪风》。

炸弹在不远处爆炸，听见机关枪声阁阁地在附近的空中响着。于是一个炸弹带着“沙沙”声下来了。那巨雷似的爆炸声把脑子都给我震昏了，我本能地退到后面去。石灰和尘土立刻细雨一般地落下。我们满头满身都是尘土。我以为是楼上被炸了。但是过了片刻，我仍然安全地立在那里。飞机又在我们的头上发出了可怕的惨叫。这是投弹的警告。我们屏住呼吸地等待着。这并不需要我们等候。沙、沙、沙的声音便突然响了。我仿佛看见炸弹在空中旋转而下，绞着空气响。这次的爆炸声比前次的更大，震落了更多的尘土，使得站着的我不由自主地蹲下来。我想这一次炸弹应该落在我们的屋顶上罢。但是仍然没有。还有第三次的爆炸。然而除了震下更多的灰尘外并没有带给我们什么伤害。

机声渐渐地去远了，我们便站起来，拍

去身上的尘土走到门外。

“前面的防空壕落了弹，”有人跑着这样说，还有人跟着跑到巷口去。我也去到了那里。

防空壕就在巷口的空地上，那里并没有落弹。被炸的是旁边一条街，两旁的店铺倒塌了，树木折断在地上。砖块、电线、尘土堵塞了路。救护队员忙着在那里工作。

在那块长满青草的空地上，我看见一个人躺在那里，他那穿香云纱短衫的身上满是血迹，肚子炸破了，肠子露在外面。他的身子微微地颤动。脸白得像一张纸，眼睛睁开，痛苦地望着我们的脸，那双眼睛似乎看不清楚什么，眼珠转动得极慢。忽然脸上起了一阵抅挛，眼皮动了一下，眼珠也略略转动，嘴微微张开。他已经不能说话了。失神的眼光似乎在痛苦地哀求：请帮点忙，终止我的痛苦罢。

但是这周围，我们几十个人都袖手旁观着，不能够帮一点忙。他的嘴唇里淌出血来。我半痛苦、半恐怖地转过了身子。

这个身体不久就被人搬走了。可是他那染着血的白纸一样的脸不断地折磨着我的心。

二　八月十三日

在惠新东街我们书店的那间小屋子里，我每天下午坐在对着窗户的桌子前面写信，看校样。在这些时候我常常听见警报声或者飞机声。巷子里很静，有时我半天听不见一声脚音。阳光停滞地照在这寂寞的路上。我沿着这路走出巷口，再转进大街。在汉民分局门前人们正忙着搭献金台，这是为了“八·一三”献金搭的。同样的献金台有好几座，在这个城里的几个重要街口。在热闹的街上我常常看见手执白旗的宣传队，旗上写着：“八·一三到献金台去。”

八日下午这个城市遭了一次日机的大轰炸，我们书店附近也落了几颗弹。九日早晨西关一带又遭了残酷的屠杀。这天午后在惠新东街的巷子里更少听见人声。我还是坐在我的桌子前面。我放下笔，抬起头。穿过窗户我看见对面人家门前的石阶上坐着一个穿黑色短衫裤的瘦汉子。这个人并不是从今天起才坐在这阶上的，不过我这时候才注意到他。他安静地坐在那里，望望天空，望望周围。他埋下头拔起阶下的青草。他拿起草慢慢地放进嘴里嚼着。我觉得我的喉管堵住了。我用力挣扎，半晌才咳出一声嗽，好像我自己吞食了青草一般。

这个汉子依旧安静地坐在那里，他又拔

起第二把青草，照样地放进嘴里，默默地吃着。他没有发出一声呛咳，仿佛他吃惯了这种东西。我望着他，我甚至忘了自己的事情。但是我不会说广东话，我无法向他发问。我不知道他是不是乞丐，但是我并未看见他向着谁讨过什么。

第二天下午我坐在这同样的房间里，窗外仍旧坐着这同样的黑衣人。我听见两次警报，又听见解除警报的汽笛。我看见黑衣人默默地站起来走了。

“八·一三”的傍晚我和一个朋友从书店里出来，走过汉民分局门前。献金台上悬着汽灯，转着走马灯，一个年轻人拿着扬声筒，嘶声哑气地在台上演讲。台下聚集了一大群人。我们挤进人丛中去。我听见一阵拍掌声。我站定了，举起头再向台上望去。一个穿黑色短衫裤的瘦汉子立在台口。这平凡的面貌是我熟习的。他在这里！黄瘦的脸困窘地微笑着。细小的眼睛睁大起来，惶惑地望着台下。年轻人在旁边鼓励他。他的脸色忽然发红了，他张开口，吼叫似地开始说话，他一面挥动着拳头。他说话不多。我不能听懂他的每一个字。不过我明白他的意思，他是一个乞丐。这是他讨来的钱。他把这仅有的财产贡献出来，因为他相信只有在大家一颗心、共同对付敌人、把敌人赶走以后，大家才可以保全性命，过安宁日子。他还说到残酷的轰炸，说到那许多惨死的同胞。他希望那些有钱的人也照他这样做。他激昂地说着，口里溅出白沫。但是话一说完，他却又现出了窘相，匆忙地一鞠躬便走下去了。服务的年轻人大声说着恭维这个乞丐的话。众人在台下感动地拍掌。

我的眼光跟随着这个平凡的黑衣人，当

他消失在人丛中时，我还在各处找寻他。他的面貌对我显得更亲切了。

三　八月十六日夜

在哥伦布咖啡店的二楼，我和两个年长的朋友坐在临窗的一张桌子旁边。窗下对面是献金台，台前聚集了一大群人。没有电灯，广州市这时还在警报中。咖啡店里点着洋烛，献金台上燃着汽灯。年轻的服务人拿着扩声筒对群众演说。女学生在台上唱救亡歌，台前挂的走马灯带着人影不断地转过去。我看见一个光头的人走上台，服务人把他介绍给群众，人们在台下欢呼起来。那个人说不出话，只吐出几个字，就带着羞涩的样子走下去了。这是一个可敬的献金者。接着又上来一个小孩子，人抱起他，指给群众看，群众拍掌。小孩子说了几句话。群众又拍掌。

我们伸长颈项出神地望着窗外，忽然汽灯灭了，走马灯也灭了。警察在下面大声说话，咖啡店侍者连忙过来吹灭洋烛，那个和善的侍者带笑地对我们说："飞机来了。"

楼上楼下全是一片黑，没有一点声音。天色很阴暗，连星子也没有几颗。我想："它们这时候来做什么呢？在这样的夜里看得清楚目标吗？"但是我仿佛听见了摩托的声音。我看下面，还有那么一大群人。我只看见黑影子在动。大家都不作声。只有在献金台上有人偶尔小声讲一两句话。在另一个地方有一个无线电喇叭在报告日机这时到了什么地方，有什么动作。许多黑影子聚在那里听消息。

机声消失了。大概是无线电喇叭报告飞机离开了市区，人群开始骚动起来。在献金台上又开始了演讲。不过声音还是相当低。演讲完毕，女学生又唱起了救亡歌曲。

我听到这清脆的歌声，忽然记起了一件事情。我想大概就是这班女学生罢。一个本地朋友今天对我说过，在“八·一三”那天上午，日机已经飞到汉民分局门前献金台的上空了，那时台上还有一批工作的女学生。本来已经预备好汽车，要载她们到别处去躲避，可是她们不肯离开献金台，而且表示宁愿在台上工作而被炸死，不愿放弃职责。这是一个何等令人感动的故事！现在她们又在日机的威胁下勇敢地唱起歌来了。

楼上楼下仍是一片黑暗。我倾听着歌声。渐渐地我似乎被那勇敢的歌声带到了另一个地方，另一个境界。我看见光明，看见喜悦，看见微笑的面孔。……忽然四周响起了一阵发狂似的欢呼，人们在拍掌，不停地拍掌。

女学生唱的歌曲立刻被群众接着合唱下去。走马灯燃起来了，汽灯也亮了。侍者点燃洋烛，送了一支到我们的桌上来。

我知道日机已经出海了。人们从无线电喇叭里得到这个消息，他们拍掌欢呼，只是因为那个可怕的梦魇已被光明驱散，至少这个晚上他们可以安静地工作一夜，再没有什么东西来妨害他们。从八月十三日以来我已经有过三次这样的经验了。这是第四夜，而且以后还会有第五，第六……夜。我是和那些拍掌欢呼的人有同感的。

于是解除警报的汽笛响起来，献金台旁边的汉民分局门前有警察在敲钟：一下，二下，三下，四下……钟声带来了更大的喜悦。

街中响起了汽车的声音，接着听见人们在喊口号。灯光闪电似地在黑暗的街上亮了几下。我看见三四辆卡车满载着手执白纸小旗的男女青年从财政厅那面驶过来。卡车停在十字路口，车上的人不住地挥动着小旗。

献金台上的女学生又唱起救亡歌。卡车上的青年也合唱起来。但是卡车终于载着歌声往前面走了。像船后的水痕一样，卡车的后面也拖了一条长长的“音路”。我听得见它，而且也仿佛看得见它。

从财政厅那面又走来十几个人一队的歌唱团，其中有男有女，有的唱歌，有的吹口琴。他们经过这里，并不在献金台前停留，却转弯走了。

四　十月一日

高射炮的声音静下以后，四周渐渐有脚步声了。楼下对面那家药铺的大门依旧寂寞地锁着。一个乞丐似的男子安闲地从大新公司那方面踱了过来。他不时仰起头望天空。他走到我们的门前就在石阶上坐下休息。一个穿白布短褂的药铺伙计在巷子的另一头出现了。他站在那里似乎在和另一个人讲话。

没有解除警报。我不能等待了，我要到印刷局去。已经到了我和那边的人约定的时间，我要去拿这期刊物的校样。

我穿好皮鞋。对面药铺的大门被推开了，我听见了声音，一定是先前在大新公司门口防空壕里“躲警报”的人回来了。我便匆忙地走下楼，推开门出去。

我走出巷子，看见商店门依旧开着。我进入大街，却看见警察岗亭上挂着红旗，这是表示紧急警报的信号。街上仍然和平时一样热闹，行人不带一点慌张的样子。

我雇了黄包车，让那个年轻车夫沿着我走惯了的路线把我拖到印刷局去。

转过一个街口，我看见许多人围聚在那里，静静地听着无线电喇叭报告日机的行踪。

快要到印刷局了，我忽然看见行人匆忙地往骑楼下走去，似乎发生了什么事情。我想大概是飞机回来了。果然车夫仰起头自语似地说："机声！"

我侧耳一听，不用说是那熟习的声音。声音不大，但很清晰。我也仰头去望天空。阳光直往我的脸上射来，使我的眼睛几乎睁不开。我始终没有看见什么。

市声渐渐地静下去了。摩托声更清晰地进了我的耳里。天空没有什么可怖的景象。我的四周也只有静寂。这里仿佛是一个和平的境界。人行道上南国的绿叶跟着风的节奏微微飘动。但是比蜜蜂声音较大一点的机声却压住了每个人的心。这是死的声音。毁灭的声音。它可以给我们带来一切的灾祸。它可以使我们眼前的这一切即刻化为烟雾。它可以使我们这五尺的身躯变成粉碎。这似乎是我们的物质的力量所不能抗拒的。所以那个车夫忽然惊恐地叫起来了：

“飞机向我们这面来了。”

话不是这么说的，意思却是这样。我朝着车夫指的方向看去。三架飞机，一架在前，两架在后，向着我们这面飞来。它们飞得相当高，但声音不小。有几个人跑着，也有人伫立在街头仰天观看。车夫慌张起来。他拖着车子，打算往什么安全的地方跑去。

崩！崩！崩！崩！……高射炮嘹亮地响着，声音十分清脆，好像什么东西冲破了天幕，进入大气里去了。

晴朗的蓝天里现出一连串小团的白烟。一个靠一个地排列着，使人不相信竟然会有这么美丽的白云。

我的心立刻静下来了。这是我们的高射炮的声音。我便安慰这个老实的车夫道：

“不要怕，我们的高射炮会把飞机打走的。”

果然高射炮的声音停止以后，摩托声也渐渐地小了。那些杀人的利器不久也就离开了市区。我在印刷局取了校样，又从那里走到书店。我还不曾走到书店的巷口，就听见了解除警报的汽笛声。同时在汉民分局门前警察慢吞吞地打起钟来，岗亭上的警察也含笑地取下红旗卷起，另外拿出绿旗来挂上。

1939年春在上海写完。

卢骚与罗伯斯庇尔*

这是十二年前的事了。在那些多雨的日子里，在那个阴暗的古城中，我常常在傍晚走过巴黎国葬院的门前，我走过那一段冷清清的路，往往在一座像跟前停住脚步。我的手抚摩着冰冷的石座，我仰起头去看拿着书

* 本篇最初发表于一九三九年五月十七日《文汇报·世纪风》。发表时有副题《回忆之一》。

和草帽的“日内瓦的公民”，对着那个屹立的巨人我喃喃地说了许多话，我在诉说我的痛苦、我的绝望……

但是在那些时候只有冷雨打湿了我的头发，没有一个声音来打扰我。从卢骚那里我得不到一个回答。我生得太迟了。我已经不能够从他那里得到什么了。

是的，我生得太迟了。在那些疑惑、不安的日子里我常常羡慕那个年轻的马克西米连·罗伯斯庇尔。我想象着他有过的那样幸福的时候。

卢骚那时候住在卜拉特列尔街一所房屋的五层楼上，罗伯斯庇尔常常走到那所房屋的门前。他站在门外，看见男男女女从那所房屋进出。这个卢骚的年轻的崇拜者用他的近视的但又是坚定的眼光把这一切看了许久，然后他带一点妒嫉走回家去。他后来向朋友用忧郁的声音叙述他这个故事的时候，他的脸上还浮着微笑。

罗伯斯庇尔，这个年轻的热心者，后来被许多资产阶级的历史家视作嗜血的暴君，他有他的另一面，他有他的灵魂的一隅。在法国作家亨利·伯洛的《我的朋友罗伯斯庇尔》[①]中，最使我感动的便是他和他所私淑的先生卢骚见面的故事。下面是他的“朋友”的叙述：

> 在四月中旬的一个傍晚，我们在公园里散步。微风像一声长叹地吹动着颤抖的树叶。难道是这些影子和这清风唤起了同样一个傍晚的回忆？或者是这种大自然的温柔使他对我吐露了他的胸

① 《我的朋友罗伯斯庇尔》：这是一本小说。

怀？我不知道。……他对我谈的还是关于卢骚的事。

年轻的罗伯斯庇尔终于有机会和那个“日内瓦的公民”见面了。对于他这是不小的幸福。时候是在一七七八年五月的末尾，他读到卢骚的一封私人通信，那是由一个背叛的友人印出来的。信函里的痛苦的字句说明了一个受着迫害、陷于贫苦境地的老人的求助的心情，把这个二十岁的青年深深地感动了。他压不住他的热情。他立刻跑到卢骚的家里去。

他到了卜拉特列尔街，卢骚已经在三天以前搬走了，卢骚现在住在爱尔麦龙微尔，他便赶到那个地方去。我再引用小说中那个“朋友”的话：

人们允许他到哲学家的隐居处去。从一扇矮窗里透出来的微光在黄昏中给他引路。门关着。马克西米连敲门。并没有回应。他敲得稍微响一点。于是他听见一个声音。有人在问谁在外面，这个年轻的“香客”觉得他的脸色变成苍白了。他很感动，不得不把两只手紧紧按住胸腔。他说他是一个年轻人，要求和卢骚先生见面……门开了。

说到这里马克西米连突然闭了嘴。他的眼睛望着被晚风微微吹动的树枝。然后他好像是在对自己说话似的，继续说道：“他（卢骚）把我留在爱尔麦龙微尔花园的浓荫里，一直到午夜。他心里充满着忧郁。……他是一个最敏感的人，然而那班造谣中伤者却把他形容做一个怪物。……朋友，听我说！我刚说两句恭维的话，他便阻止了我，他对我说，恭维不过是一种粗劣的假话，在那里面就藏着憎恨与陷害。他不是指我说的。他指那班虚伪的人。……不久他便现出他的好心与坦白……他教我怎样知道我自己。我还很年轻，他教我重视个性的尊严，他教我遵守社会秩序的伟大原理。……”

马克西米连又沉默了。我望着他。在他的眼睛里我看出了一种惊人的、昂扬的表情。他平时是如此严肃、如此古板的，这时候完全改变了。他叫起来：“啊，你伟大的人。我在你的晚年看见了你。这个记忆对于我便是快乐的泉源。我仔细地看过你的可敬的面容，我看见人们的罪恶在你脸上刻划的那些忧愁的痕迹。”

我们坐在公园的石凳上。马克西米

连忽然站起来。我跟着他。我们默默地沿着那条小河一直走到兵营码头。一轮满月升起来，像一个银的铙钹[1]，它慢慢地爬上天空。真是一个美丽的夜！整个城市和它的钟楼与拱门都罩上了灿烂的珍珠色。我们两人并肩地走着。马克西米连沉溺在梦想里面。我催促他讲完他的故事，这也没有用。然而最后他还是对我说出来，卢骚在他晚年垂死的时候也并不曾使他的年轻的崇拜者失望，他已经给了这个信徒一样最可宝贵的礼物：一个品德的定义。……

他说这些话时我们已经到了丹狄利埃街。他抓起我的手握了一下，便匆忙地走开，他推开他的房门，走进去了。

① 铙钹：古代乐器。

卢骚在一七七八年七月二日离开了这个世界，这就是在他和罗伯斯庇尔会见后的四十天，我们假定小说中所写的是真事，那么，罗伯斯庇尔到爱尔麦龙微尔去的日期应该是五月二十三日。在他一生给与人类的种种贡献以外，作为《民约论》的著者，近代思想之父的卢骚还给了那个阴郁的青年一个无上的鼓舞和安慰。我想，这次的会面也许就是罗伯斯庇尔一生中最快乐的时候。

罗伯斯庇尔被称为卢骚的弟子，他也得着“廉洁的人”的称呼。但是他却走了更远的路程。他竟然做了恐怖时期的独裁者，想用断头台来实现他的先生的理想，结果把自己的生命也在断头台上牺牲了。从此反动势力占了胜利，造就了野心家拿破仑的光荣的前程。这不但是爱尔麦龙微尔的老哲学家想不到，连罗伯斯庇尔自己也不会料到的。

卢骚死于贫穷，临死他还是一个漂流的寄食者。他受到的社会的冷遇已经是够大的了。

罗伯斯庇尔的一生也不是快乐的。他是一个刻苦的工作者，永不休息的工作者。他想用权力来维护革命，拯救法国，但是终于悲惨地死去。革命跟着罗伯斯庇尔被缢杀了。打倒罗伯斯庇尔的热月政变[①]是反动的胜利。资产阶级的历史家把罗伯斯庇尔当作恶魔。美国电影编剧家特别憎恨罗伯斯庇尔，这自然是为了拥护阶级的利益。通俗小说家阿尔柴男爵夫人的英雄“红花侠”（她写了几本关于“红花侠”的通俗小说），也正是英国绅士的理想中的救世主。所以那位“淑女”虽然创造了一个“皮面人”帮忙把比利时从

① 热月政变：指法国在公历一七九四年七月二十七日的政变。

西班牙的统治中救出来，却同时遣派了她的“红花侠”去援助反动派打倒罗伯斯庇尔。因为罗伯斯庇尔的理想正是绅士与淑女所不能容忍的。

“我们必须把头颅献给共和国，”这样说着的罗伯斯庇尔，不管他犯了什么错误，他并没有辜负那个先生，他是以他的悲剧的死报答他的先生了。关于他的悲剧的死，我们还是看他的“朋友”的叙述：

> 罗伯斯庇尔被推往前面去。人群中起了一个吼声，时间是六点多钟，落日的霞光染红了树叶。赛纳河像一幅蓝缎子缓缓地流过。嗜血的大刀等待着。突然间一个刽子手站到马克西米连的后面去，一下就把那根绑着他受伤的颚骨的绷带拉掉。他的嘴大大地张开，一些牙

齿落了下来（他是在被捕以前受伤的）。一头受伤垂死的野兽似的叫号响彻了这个广场。他的脸露出来了，那上面有一对疯狂的眼睛。……

在大刀落下以前，整个广场屏了呼吸地等待着。于是响起了绝大的叫声。每一个人，公民，女公民，“无套裤汉”和兵士，议员与警察，所有那些来看革命的死亡而自己却不懂的人一致地发出了欢呼，这呼声接连不断地起伏着。我像一个被追缉的人逃出广场的时候，那样的声音还在我的耳边响着。

在那座寂寞的像前我看见了一百几十年前的悲剧。我看见了两个伟大的人的悲剧的一生。过去的景象折磨我的心灵。我悲惜那个巨大的损失。但是我更轻视我自己。我的痛苦太渺小了。在个人的琐碎的悲欢里苦苦地挣扎着的我有什么权利来向那个“日内瓦的公民”申诉我的痛苦呢?

然而那个时候我毕竟找着我的“先生”了。这是巴尔托罗美·樊塞蒂，被美国小说家阿蒲顿·辛克莱称为“现代最优美的精神”的人。他就在那年(一九二七)八月被烧死在波士顿查尔斯顿监狱内的电椅上。关于他我写过几篇文章[1]，而且以后我还要写的。

1939年春在上海。

---

① 指短篇小说《我底眼泪》和《电椅》。见《巴金全集》第九卷。

马拉、哥代和亚当·鲁克斯*

还是十二年前的事。在一个春天的下午我和两个朋友去参观巴黎蜡像陈列馆。我在一个小房间里看见了马拉的死。这情景和J. L. 大卫的名画差不多。马拉躺在浴盆里，半个身子被木板盖着，一只手压在木板上，

---

* 本篇最初发表于一九三九年十一月十六日《宇宙风》第八四期。发表时有副题《回忆之一》。

另一只手松弛地垂下来，头无力地放在被单上，血红的眼睛闭了，虾蟆嘴也闭了。胸膛上插着一把匕首。血流着。那个永远为着人民的利益工作的“人民的朋友”马拉就这样地走进了“永恒”。

在门口站着夏洛蒂·哥代，那个贵族少女。她昂然望着浴盆中的死者。他瘦得多么可怜！但是她没有一点怜悯的感情。她正在得意地想着：她拯救了法国。她以为她杀死这一个人便可以拯救十万人。她让人捉住了。

在这个小房间里我徘徊了许久，我看见落在地上的墨水瓶。马拉病得垂死了，还在为人民呼吁，还在保卫革命。我看看马拉，看看哥代。我的心隐隐地发痛。我的心为这个不可补偿的巨大损失痛着。这个损失直到一百几十年以后还在打击我这颗现代人的心。我真想抓住那个戴诺曼底帽子的美丽的少女，反复地问她：为什么要这样做？一个声音在我的心里说："阻止她，阻止她！"

然而现在太迟了。我带着忧郁走出这个房间。我仿佛听见一个铃子似的女音："疯子！嗜血的猛兽！"我走出蜡像陈列馆，我还听见这同样的声音。但是汽车声、脚步声、人声压倒了它。现在我走在二十世纪的巴黎街道上了。

春天的风吹动我的头发，珍贵的不常见的阳光涂抹在街上，树上一阵清香扑进我的鼻孔。道旁的菩提树已经开花了。

我仰起头看看天，看看四周。我愉快地呼吸，我觉得把一口一口的新鲜空气吸进了肺里。我感到身子像要飞起来似地轻快。但是……不知从什么地方来了一个清脆的女声。我回头去看蜡像陈列馆，一个年轻女子从门里出来，短的衫子下面穿高跟鞋的脚飞跑似地动着。她并不是哥代。然而我又听见一声咳嗽。我站住。于是马拉的影子在我的眼前出现了。他那病弱的身体，他那带着兴奋表情的面容，他居然支持着病体出来散步了。是的，他比任何人都需要阳光和空气。他工作得太辛苦了，甚至患着病躺在浴盆里他还不停地写东西。他是应该休息的。看见马拉休息，这是最令人快活的事。

我好像落到梦景里去了！我好像活到一百几十年前去了！我也是一个马拉的崇拜者。我仿佛跟着那一大群巴黎人为马拉欢呼。我注意地看他的面容。

马拉的血红的眼睛在发亮。泪珠从眼角滴下来。他哭了！是的，我知道他常常为了别人的痛苦流泪。这是真实的马拉，他被他的政敌称为“嗜血的猛兽”，他被资产阶级的历史家称为“疯子”。然而在巴黎人民的心中，他永远是一个仁爱的人。我想起了J. 米席勒的书。米席勒被历史家A. 奥拉推崇为所有法国大革命史家的“先生”，他是一个不喜欢马拉的人，但是在他的《大革命史》中他也曾举出一些马拉救人的事实。一个少女为了救她的父亲愿意把身子献给马拉。马拉接到她的来信以后，研究了案情，知道她父亲的无辜，他到约定的地点去看那个女子。她含着眼泪等候他。他没有挨她的身体，却救出了她的父亲。这不过是许多事实中的一件。

我读过一些关于马拉的书，我好像认识一个熟朋友似地认识他。我跟着他经历了他那充满牺牲精神的生活。我看见在瑞士的家庭中受了责罚绝食反抗的小孩，我看见在法国研究医学的苦学生，我看见在巴黎勤苦工作的科学家。然后我看见那个孟德斯鸠与卢骚的弟子，他站在街角对人民朗诵《民约论》。于是革命家马拉出现了。《人民的朋友》的主笔，热情的煽动者，受迫害的革命家，他不得不时常躲在地窖里，过着没有阳光的日子。最后革命把他带到他的生活中的高峰，成了被全巴黎人民爱戴的“人民的朋友”。我又看见这时候的马拉的面影了：一个病弱的人，过着贫苦的生活，他在哥德烈街阴暗房屋的最阴暗的一层里面，不休息地做他的工作。他的热情、他的工作摧毁了他的身体。他的病一天天地加重了。可是一直到最后，他没有一刻想到休息。他的确像德国历史家W. 布洛斯所说，是“一个热烈的、悲歌慷慨的、并且充满着爱护人民和正义的心的人”。

我用同情和崇敬的眼光跟随着一个伟大心灵的发展。但是我的眼前一道亮光，一股血，一阵黑。我吃惊了。我仿佛听见呼唤帮助的声音。我看见那个年轻女子拿手打下去。我想叫："阻止她，阻止她！"然而我的喉咙好像被一只手扼住一般。马拉死在浴盆里面。那把匕首已经插在他的胸膛上了。一个三十岁左右的女人仓皇地从外面跑进房来。她扑过去，她悲痛地尖声叫着："凶手！"我知道她是西孟娜·爱弗拉尔，马拉的忠实的伴侣，深爱着他而又为他热爱的女人。马拉的妹妹亚伯丁娜称她为"神圣的女人"。她是他的好助手，她帮忙他把报纸维持下去，她为他牺牲了一切。但是如今太迟了。她不能把他从那个贵族少女的匕首下救出来了。

被称为凶手的夏洛蒂·哥代还站在房里，她不能逃走了。她骄傲地看着她的"受害者"。她以为她的匕首拯救了法国。她却不知道这是贵族、皇党和资产阶级的匕首。她自以为是贞德那样的女杰，她把自己看得太高了。她不过是一个误入迷途的热狂者，干了一件坏事。她说自己救了十万人，其实受了害的是整个法国。

马拉的墓碑上题着这样的话："这里安息着人民的朋友马拉，他是被人民的仇敌们谋杀了的。"实际上杀死马拉的正是人民的仇敌们。哥代不过做了一个工具。……

阳光在我的眼前淡下去，我已经进了那条窄巷。我回到我住的地方来了，我走进我的充满着洋葱气味的房间。我的桌上正摊开一本《马拉传》。那本书上和别的许多书上都写得很明白，马拉的遗产只有一张二十五个"苏"的纸币，活着的时候他接连有九个月只喝清水吃白面包，而且有三年多他每天不曾休息过一刻钟。他比当时的任何革命领袖都更爱人民，更忠于人民。他最受到人民的拥护。自然他也最为反革命势力所憎恨。如果我们把反革命势力比作一只嗜血的猛兽，那么，马拉倒是一个适当的牺牲者。他的死绝不是偶然的。

但是为什么要轮到夏洛蒂·哥代来下手呢？……

哥代和马拉应该不是陌生的人。自然她同他从来没有见过面。但是她在外省常常听见人们谈到马拉，从贵族和吉隆特党人的口中她听到的全是诬蔑中伤的谣言。这迷惑了她的心。她把马拉当作了一个恶魔。她要去掉他给多数人带来和平。

夏洛蒂，这个羞怯的痴心的少女。她是一个没落贵族的女儿。生活在一个衰微的步步下降的家庭中，她应该见到不少人世间的悲剧。母亲的死夺去了她的孤寂生活中的最大安慰。她很寂寞。寂寞培养了她的幻想。她或许还渴望爱情。她追求理想中的“王子”。修道院的生活却如一沟死水，泛不起一点涟漪。平静的面容掩不住内心的苦闷。她等着机会把她的热情向另一方面放散。她热心地读着蒲鲁塔克的《伟人传》和卢骚的著作，那些激动了全法国良心的卢骚的著作。卢骚培养了她的心灵，正如卢骚构成了马拉的思想。这个美丽、幽静的少女和那个面貌丑陋的革命家一样，都是卢骚的“弟子”。书本煽旺了她的幻想。她把她的爱寄托在“英雄主义”上，她渴望一个与暴君作战的英雄，一个为祖国而死的英雄。马尔苦斯·布鲁塔斯成了她梦寐中的上帝。这个姓名变作了一个象征。她不断地在心里激情地呼唤这个名字。于是她找到了她的“裘·该撒”。她要做一个十八世纪的“布鲁塔斯”了。有一天她含着眼泪对她的姑母说："我哭，为法国哭，为我的父亲和家族哭，为你哭……只要马拉活着的时候，谁还能够安全地活下去呢？"所以她赶到巴黎，怀着匕首到马拉的家里。她杀害了一个伟大的生命。

我仿佛看见她把刀刺进他的胸腔。我听见那声音，血立刻从黄瘦的带毛的胸上喷出来。我吃惊地把头一动，我怕血溅到我的脸上。但是我惊醒了。我依旧坐在我的小房间里，桌子上堆了一些关于法国大革命的书。我的思想落进书中去了。

卢骚的弟子杀死了卢骚的弟子。哥代除了使自己成为资产阶级历史家所崇拜的"女杰"外，并没有救活一个法国人。她反倒使十万人悲痛。她是吉隆特党的友人，她的匕首却促成了吉隆特党的败亡。所以在狱中的吉隆特党人威尔涅约听见哥代的行动，便叫起来："她毁了我们；不过她教了我们怎样去死。"不错，夏洛蒂·哥代的确死得勇敢。

我记起了一个历史家的叙述：

> 这是下午七点钟……夏洛蒂一刻也不曾失去她的自制力，她走上了囚车。她站在车上，她昂着头，眼光很镇定。车子到了河边。天落起雨来，还打着雷，但是暴雨并不曾驱散群众。……沿途聚集着人群，他们包围着囚车，跟随着囚车。车子因此走得非常慢，花了两个钟点才走到协和广场。夏洛蒂始终立着，那些对她掷过来的侮辱和叫骂并没有扰乱她的镇定。她从容地望着街中的无数的人头……
>
> 雨停止了，越过香·爱利塞大街的浓密的绿树看去，暴雨后的紫色落霞涂

满了天空。空气一定很新鲜，很凉爽；还没有新流出来的血的气味。

断头台大概建立在和现在竖立方尖碑[①]的地点相差不远的地方。推勒里王宫的草坪上一定挤满了人。夏洛蒂不要别人扶持，迅速地走上断头台的阶梯。她到了台上，一个刽子手把她的披肩拉开了。她睡倒在木板上。机器动作起来。再过一会儿，人把她的头拿起来给台下的人们看，她的一对蓝眼睛还是半开着。……

夏洛蒂·哥代便这样地结束了她的二十五岁的年轻的生命。她那一对半开着的蓝眼睛仿佛就印在我的书上。我看不清楚她

① 方尖碑：即Louksor庙内的方尖碑，埃及酋长所送，一八三一年年尾运到巴黎，建立在协和广场。

的眼珠。但是藏在那半闭的眼睛里的一个寂寞的年轻生命的悲剧震动了我的心灵。我恨她的行为。但是我觉得好像自己也立在推勒里王宫的草坪上，不瞬眼地望着那一把悬垂的大刀。我听见一个声音：“不要落下来罢。”

怎么？难道我着魔了？我不能够说这样的话。我不是哥代的崇拜者。而且我甚至不能够宽恕她的行为。那一天站在人丛中不瞬眼地望着她的是另外一个人。我仿佛看见那个年轻的德国人疯狂地跟着囚车走了两个钟点。我仿佛看见他痴迷地立在人丛中，两只眼睛永远盯在她的脸上，好像要把他的心掬给她看一般。这是亚当·鲁克斯，从马因斯派来的三个代表中的一人。他来巴黎只是为了向国民大会表示忠于革命，表示马因斯议决归并法兰西共和国。但是他却在做了反革命行动的哥代身上发见了他的梦景中的

“女杰”。他忘掉他自己的存在了。他称颂她“比布鲁塔斯更伟大”，他以为“和她同死在断头台上是最美丽的事”。这个二十八岁的热狂者以前并不知道哥代的名字。然而他也是卢骚的弟子，蒲鲁塔克的读者，他和哥代一样也走入了迷途。他有着一颗更罗漫谛克的心，因此走得更远。他现在将共和国与革命抛在一边，却祈求着和刺杀马拉的少女同死。和他同来巴黎的一个代表福斯特尔说：“夏洛蒂·哥代使得这个善良的年轻人精神错乱了，他如今就以为除了为她，为吉隆特党而死以外，再没有别的幸福。”吉隆特党的议员巴巴霍说，鲁克斯爱上了哥代。还有一个近代历史家马丽·雪尔女士也说：“倘使她不曾有过罗漫谛克的恋爱的话，那么她至少在亚当·鲁克斯的灵魂中唤起了一种比死更强烈的激情了。”

映着落日的霞辉，那个“健康、美丽、纯洁、温雅、勇敢的面貌”占据了鲁克斯的罗漫谛克的心。他失掉自持的力量了。那时雷声还在巴黎的天空响着，灰黄色的天幕不时被闪电划上了纹路，落日的紫光在断头台的染红了的刀上发亮，鲁克斯像被鬼魂追赶着似地急急回到他寄宿的旅馆，他匆忙地埋下头，狂热地动着笔写他的题作《夏洛蒂·哥代》的文章。他忘了休息、忘了饮食地写着这本等于他的死刑判决书的小册子。他认为那个诺曼底的处女比布鲁塔斯更伟大。他说：“她是天上的人物，不宜于住在地上，她像电光一闪地过去了，却留下她的纪念在人间。”他还宣言他如今更爱她所身殉的法国。他如今唯一的工作便是跟着她登断头台。

在三个多月以后他的志愿终于实现了。在离开监狱的时候他甚至快乐地叫道：“我现在到底要为夏洛蒂·哥代而死了。”

我现在引用一个同情他的英国历史家的叙述：

克尔勒和福斯特尔在人丛中跟着他，就像他从前跟着那辆把夏洛蒂·哥代载到同一目的地的囚车那样。在五点钟，白昼的最后的微光也消失了；断头台被火炬的光照亮着，火炬还投掷了摇曳的微光在群众的脸上，他们是来看那个为夏洛蒂·哥代而死的外国人的面貌的。一道暗褐色的雾从河上升起来，空气寒冷彻骨，但是亚当·鲁克斯走上断头台的窄梯，看见断头机的轮廓映在阴暗的天幕上时，他并不曾颤栗一下。

克尔勒说：“他走上去，好像他是在登上讲坛去演说一般。……”

福斯特尔说：“他奔赴死，他向着死跑去。”

他的冷静使得那些站在他旁边的人不相信；他很想拥抱刽子手，但是他的双手被缚着了；他对他的朋友们微笑，他抬起头看上面，好像在看隐在巴黎的雾外面的什么东西。……

这便是鲁克斯的最后了。人不知道他在看什么。也许是穿过巴黎的雾，越过被德国军队封锁了的道路，在看马因斯的乡村里他的和平的小家庭罢，那里有他的年轻妻子和他们的三个年幼的女儿。她们会忠于他，珍贵地保留着他的纪念品。在告别的信上他对他的妻子说：“我为自由而死，倘使有一天自由得到胜利，法国便不会忘记亚当·鲁克斯的妻子和女儿。”

但是事实上他并非为自由而死，法国也的确忘记了他的妻子和女儿，全世界都忘记了她们。第三个女儿在父亲死去以后不久就离开了这个世界。鲁克斯的善良的妻子却多活了二十年。剩下的两姊妹中，姊姊马利亚·安娜又走上了她的父亲的路。这是一个热诚的、孤寂的、爱梦想的二十五岁的少女，她和她父亲崇拜的“女杰”同岁（也许还大一岁），她有一天读到了J. P. 利席特尔的赞美哥代和鲁克斯的诗，她的纯洁的少女的心受到极深的感动。她写了一封热情的信给作者，信里充满着带神秘性的语句。没有回信到来，她便想自杀。她的妹妹劝阻了她。后来利席特尔来了两封信，给了她一点安慰。

妹妹出嫁了，马利亚·安娜更孤寂地留在家里。只有她一个人。利席特尔又来了信，要求和她见面。但是这个纯洁的“罗漫斯”

是她的脆弱的心灵所受不了的，而且她已经决定了不做这个世界里的人。她和她的父亲一样要在死里寻求幸福。在一个五月的夜晚，她投莱茵河自杀。别人救活了她，她却坚决地说她看见永恒之光，听见天堂的音乐，她不愿意回到地上来。

人们把她放在床上。她似乎睡熟了。人们离开了她。后来有人再进房里来时，她已经死了。

父亲害了女儿，他给了她这么一颗脆弱的罗漫谛克的心，把她引到这么一个悲剧的结局。

现在已经不是罗漫谛克的时代了。我把头从书本上抬起来。四周怎么这样静？我的脑子里还充满着那些书中的人物。穿过深夜的凉爽的空气，圣母院的钟声从开着的窗户送进来。我痴呆似地数着。十一下。

我惊讶了。我怎么在书本上花了这许多功夫？我今天还没有吃过晚饭呢！但是我也不想吃什么了。

我望着贴在墙上的一张肖像，这是从一本书上扯下来的卢骚的照片。那时他是在四十岁的壮年，正是构成《人类不平等的起源论》的时期，他的眼光坚定，面容充满着勇毅的表情。我望着这个“近代思想之父”，日内瓦钟表匠的儿子。我觉得在这一天的功夫我活了一百几十年。或者我做了一场大梦。我刚刚见过了他的三个弟子，跟着他们过了三种充满浪潮似的生活：一个留学法国的瑞士医学生，一个在古罗马共和国中寻找她的“王子”的诺曼底贵族少女，一个以《热诚》这篇论文得到哲学博士学位的十九岁的马因斯青年。一个瑞士人，一个法国人，一个德国人，卢骚把他们拉在一起，使他们走了许多路程。他们到巴黎来次第把生命献给共和国。每个人都昂然地接近死。没有惧怕，没有惋惜。病弱的马拉死在健康的哥代的匕首下，他睡倒在浴盆里。哥代在断头台上唤起了爱情，她又把鲁克斯引进了永恒。鲁克斯又给他的年轻的女儿立了一个榜样。

我的心反抗起来。对这一百几十年前的可痛心的悲剧我不能够做任何事情！我不能挽救什么。我不能够拔出哥代的匕首，把马拉从浴盆里扶起来。我不能够劝阻哥代，说她的举动只会危害共和国。我不能够说服鲁克斯，使他明白他自己并没有了解革命。我让他们走入灭亡的道路，现在只有对着书本叹息。我太无用了。

但是我的正义感还是强烈的，我的判断力依旧不曾消失。对着那些不忠实的历史家的叙述我不能没有愤慨。A. 拉马丁称哥代为“暗杀的天使”，L. 马德楞称她为“女侠”。他们和哥代一样，是不懂得革命的，我不愿提起那些更坏的、更充满偏见的书的作者，譬如N. H. 威伯斯脱夫人，她比哥代更恨马拉，这位淑女的恶毒的文章使人疑心她倒是一个嗜血的疯人，她的笔不会触到马拉的仁爱的心。只表现了自己阶级的无能。她和通俗小说家阿尔柴男爵夫人一样，想“把法律握在自己的手里”来拥护阶级的利益；阿尔柴男爵夫人将罗伯斯庇尔再判处一次死刑，威伯斯脱夫人也再一次暗杀了马拉。可是这样并不能挽救自己的阶级的没落。我跟着一些历史家称哥代与鲁克斯为卢骚的弟子，他们都热狂地读着卢骚的著述。然而实际上他们都不曾了解卢骚，撇开了被压迫、被虐待的阶级，杀害了人民的朋友，这样的人是不配称为卢骚的弟子的。了解卢骚的只有马拉，他生于贫穷，死于贫穷，他有一颗敏感的仁爱的心，坦白刚毅的性格。他是一个理想主义者。他有过光荣，却拒绝了物质的享受。全巴黎的人民为他的死悲哭。他的遗骸被移葬在国葬院中。但是在一七九五年人们又把他的遗体搬出来，葬在附近的墓场里。反动者还扎了他的刍像在雅各宾俱乐部的天井中焚烧，然后把灰烬抛在蒙马特尔的阴沟里面。

“这太过火了！”我愤怒地叫起来，我不能忍受这侮辱。我站起来。一切幻景都在我的眼前消失了。房间里还只有我一个人。桌子上堆着书。墙上贴着卢骚的像。他永远带着坚定的眼光看我。

这个“日内瓦的公民”至今还屹立在巴黎国葬院门前，他的遗体也安息在国葬院里面。在我的疑惑、不安的日子里，我不知道有若干次冒着微雨立在他的面前对他倾诉我的痛苦的胸怀。现在又轮着他来安慰我了。他将永远是我的鼓舞的泉源。

1939年春在上海。

旅途杂记

前　记

过去我印过一本《海行杂记》、一本《旅途随笔》和一本《旅途通讯》。有人因此称我为旅行家。其实我对旅行并无特殊爱好。我把一部分时间花费在旅途上，只是为了看看我那些散处在各地的朋友，和体验一些人的生活。我常说我靠友情生活。我的生存因为我周围无数人的存在而有了光彩。没有朋友，便没有我那些拙劣的文章。不但这样，我有勇气，并且能够以平静的心境经历了抗战八年中的艰苦日子，这也得感谢我无数朋友的帮忙。

《旅途通讯》是在抗战的初期写成的，出版期是一九三九年四月，那时我刚由桂林回到上海。但是我在“孤岛”上只住了一年。在德军进占巴黎以后，我又搭了去海防的太古船，转赴昆明。

五年箭也似地飞去了。现在在德、日投降，上海光复以后，我回到这个被敌骑践踏了八年的土地，见到一些久别的友人，我的笨拙的口舌不能传达我感激的心情，更不能叙说我这五年的经历。我只好求助于我的这管秃笔，让它老老实实地对朋友们讲几段我的生活的故事。为了这个目的，我编印了我的第四本“旅行的书”——《旅途杂记》。文章都是这五年中间在桂、筑、渝、蓉的旅寓中写成的。

分别五年，我没有别的礼物，献上这一本不像样的小书，请朋友们接受它。时间证实了我们的信念：我们亲眼看见了侵略者的败亡。我们并没有犯错误。我们且等着看火中凤凰的诞生罢。

巴金　1945年12月8日。

无　题*

一

在河口铁桥炸断以后，一个朋友从安南来，他告诉我下面一件事情：

他们从海防到了老街，晚上在老街的

* 本篇最初发表于一九四〇年十月十四日香港《大公报·文艺》。

“廉访所”对护照。一个中国学生因为他的护照照片是戴着帽子摄的，在对护照时他没有揭下帽子，签护照的法国官员发了脾气，命令他脱帽。他没有听清楚法国人的话，动作稍微慢一点，在旁边的安南兵就动手打人。中国学生做出抵抗的样子。结果他得着违法的罪名被拘捕了。同路的人不能够给他帮忙，他们也不知道他的下落。不过据旅馆的人说，将来审讯以后那个中国学生会被判处三个月或者半年的有期徒刑。

我听到这番话以后，不过一个星期的光景，昆明的日报上就刊载了日军在海防登陆的消息。他们并不曾遇到抵抗。我很担心那个学生的安全。

法国人真是一个奇怪的民族。我从前还以为自己对那些在所谓“自由、平等、博爱”的旗帜下面生活的人多少有一点了解。

现在我才知道自己被书本欺骗了。我还记得三个多月前贝当政府向希特勒投降的时候，我曾经同几位上海友人争辩，我说，卢骚和伏尔泰的法国，马拉和罗伯斯庇尔的法国是不会投降，也不会安安静静地让屈服者统治的。然而现在法国人在贝当的指挥下又在世界的另一角做了卖友的行为，再一次对侵略者低头了。我期待着一次巴黎公社的壮剧。等待了三个多月，我却只看见法国的第二次投降。贝当下令放下武器的时候，他说过这是光荣的和平，但是给我们看见的却只有苟且偷生，这里并没有一点光荣。

一百五十年前(一七九二)，巴黎成了四国君主进攻的目标，在最危急的情势中，丹东向法国人民发出了“大胆，大胆，永远大胆”的号召。是这样的吼声压倒了那些失败主义者的呻吟，扫去了一切的吱吱喳喳。丹东还从乡下把他的年老的母亲接到巴黎来，表示他一家人愿与这个名城共生死。法国人的这种无畏精神保全了革命，保全了法国，把“自由、平等、博爱”的思想传遍欧洲。这样的精神在当时是极普遍的，所以法兰西民族曾经被人称为爱自由的战士。在过去靠了“自由”，法国才得在欧洲发射灿烂的光辉。我翻读法国历史，可以看见若干先烈为了自由上断头台流尽热血。要恢复法国的光荣，就不能背弃自由。背弃自由只是一条灭亡的路。

现在贝当却牺牲了法国的自由，建立一己的政权，在投降的政策下面谋个人的利禄。在欧洲就已经出现了使人难信的事实。海防的登陆，这似乎是很自然的事。

贝当走的路也就是德古在安南走的路。贝当向德国的侵略者低头之后，他又命令德古向日本的侵略者屈服，贝当以为这样他就可以巩固他的政权，却不知道自己不过做了德国法西斯蒂掌握下的傀儡。他不把安南还给安南人民，却宁愿让它也在很短的时期中变做了日本帝国主义者的掌中物，这也许是贝当一类的人的得意行为。但是我相信，有一天他们会走到深渊的边沿，而明白自己究竟做了什么样的事情。他们也许会起后悔的念头，不过那时又太迟了。

然而现在似乎还是他们得意的时候。贝当在国内努力铲除异己。德古的部下也在安南各地欺侮中国侨民和安南人民。两个多月前我从上海来昆明，在海防登岸换车时，曾在海防的海关里耽搁了七八小时，只为了两件小行李。那一天我看够了法国关员的横暴行为，也看够了我们同胞的狼狈情形，还听够了同胞们的唉声叹气（他们在那里不像旅客，却像一群囚徒）。一个广东同胞为了几件汗衫、短裤和衬衣，就被关进了木屋，课以高额的罚金。一个江苏同胞的一双马靴被强迫着从脚上脱去。为了抢先拿行李送检查，许多同胞还挨过法国官员的拳头。我站在那个广阔的厅子里，看见了这一切情形，我的心发痛，我的血在沸腾，我想不透一个问题，我痛苦地想着：难道这也是卢骚、伏尔泰、马拉、丹东、罗伯斯庇尔的子孙？难道这也是我在法国看见的那些爱自由的法国人的父子兄弟？我得不到一个回答。我后来又想到一个问题：是什么东西使这些人在侵略者的威胁下，在自己受到的屈辱的当中，而且在自己的毁灭的边沿上还做出这种狂暴的作威作福的行为？难道他们还不明白究竟是哪一种人应该先得到可耻的恶运？是他们还是我们？我似乎比他们看得更清楚。我原谅这些“世纪末”的病态行为。但是我不能原谅他们加在我们同胞身上的侮辱。

十几年前我说过：“我爱法国，我将永远爱它。”现在我不再说这样的话了。贝当统治的法国我是不能爱的。殖民地统治者所代表的法国我是不能爱的。我不知道那些人会把法兰西拖到什么样的深渊里去。我只希望法国人民起来挽救他们的“祖国”。在过去某一个时期法兰西做过自由的象征。至于将来它会不会做屈服的象征，这要看那般爱自由的法国人的努力了。

至于安南人呢，他们决不会让帝国主义者长久支配他们的命运。不论是对付法国的统治者或日本的统治者，安南人一定会争取到自由。

二

现在是上午十点半钟，还没有听见警报。日本人广播说今天要再炸昆明。一个星期前昆明才遭过二十七架日本飞机的大轰炸。今天不知道他们又要来一个什么样的屠杀！不过警报未放前，我还可以在市区里安静地写文章。而且我已经写了三个半钟头了。今天为了等警报，我在七点钟以前就起来了。这时罩在我头上的还是晴空，却也有好些片鱼鳞似的白云。半点钟前还有两架我们的飞机在云间盘旋，如今空中却寂然了，我只听见窗前树上小鸟的鸣啭。

又过了一刻钟，还是没有动静。没有警报，我自然在天空找不到敌机的影子。我想起了这样的事情：前年六月里日本武士也曾扬言要在广州抛下一千个炸弹；去年一月他们又散布传单说要在三天以内炸平桂林。但事实证明这不过是空言威胁，不曾得到武士们预期的效果。

轰炸只是卑怯的屠杀，懦夫的行为。勇敢的人愿意在公平的条件下与敌人搏斗。躲在上空抛下武器，杀害徒手的人群，这种行为里并没有一点点英勇的气概。多轰炸一次，不过多在这两个民族中间添一笔血债。若说用轰炸就可以摧毁对方的抗战精神，收得投降的效果，这是在做梦。历史上就没有这样的先例。何况中国有那么广大的国土，那么众多的人民，这是日本的有限的炸弹所炸不尽、毁不完的。

让那些武士躲在云端做他们的好梦罢。我们是不会投降的。而且不达到我们的目的，我们永不会停止抗战。我相信有一天我们会看见他们从云端跌下来，埋葬在污泥里！

1940年10月7日11时半在昆明。

附记 文章刚写好，警报响了。我到了郊外，便看见二十五架敌机飞过我的头上，接着炸弹在市区东南角爆炸了。我只看见往上冒的浓黑的烟，却不知道灾区在什么地方。

下午一时在田上记。

先死者*

今天我又走到了金碧路的灾区。

这是第二次了，三天前夜里我也到过这个地方。那时我在黑暗中摸索，靠着一只手电筒的微光给我指路。我只知道自己迎着尘土与人声走。我再也认不出近来时常经过的

* 本篇最初发表于一九四〇年十一月十六日《国民公报·文群》。发表时题为《先死者——昆明随笔之一》。

那条热闹街道。砖块绊住我的脚，背影挡住我的眼光。我终于停住了。我看见就像要倒下似的断壁。那个华丽的建筑物只剩了半个空架子！我小心地下着脚步，怕让坏电线缠住我的脚。我依旧用手电筒照路。在这条黑暗的街中，就只有闪电似的手电筒的光。好几道光照在瓦砾堆上。一些人站在堆上工作，另一些人立在街心望着瓦砾堆叹气。我也把眼光往那边射去，我只看见砖瓦、木片、灰尘。

还是这同样的废墟，不，我应该说是同样的伤痕，这三年来，我在广州、武昌、梧州、桂林、金华都见过了。中国的土地在受难，在受磨炼，在受熬煎。每个人都跟着它受苦，但是都看见它在苦难中生长。多看见这样的伤痕，自然给人增加痛苦，但同时也加强了我对未来的信念。

今天我又走过这条伤痕满身的街。

白日的亮光把犯罪者的“成绩”完全暴露出来了。每一块碎砖，每一片断木，每一堵断壁，每一个破洞，都在诉说伤痛，都在叫喊复仇。

在一个瓦砾堆上，还有好些人躬着身子在工作。十几具白木薄棺材搁在他们旁边。我没有心肠去数棺材的数目，不过我注意到其中有三具放在另一边。我在瓦砾堆前立了三五分钟，正要举脚往前走时，忽然听见身旁一个人说：“有十七个人埋在里头，现在才挖出来三个。”

我又站住了。我把眼光射在那三具白木棺上。薄薄的木板盖着三个无名者的尸体。我不知道这些人的生前事迹，也不知道他们遗留下一个什么样的家庭。我也许没有见过他们的面貌。但是我默默地揭下帽子，我的眼睛被泪水打湿了。

我想，他们躺在棺材里该不会有怨言罢。他们跟着中国的土地受难，他们默默地交出生命，为了这土地的生长而倒下了。他们用自己的血灌溉他们所爱的土地，对这土地他们尽了最后的力量了。以后应当由我们来继续他们的工作，由我们来完成他们的工作。我们没有理由哀悼他们。我们倒应该尊敬他们。他们并非不幸的、徒然的牺牲者。他们用血来照亮我们前进的路。这样的血是会发出光辉的。

“我流的是感激的眼泪。对这些先死者，我没有资格哀悼他们，”我这样说着，一面伸出手去擦眼睛。

1940年10月3日在昆明。

轰炸中*

二十七架敌机飞过我们头上的时候，我们几个人正躺在草地上。树叶给我们遮了当顶的阳光，但是我偏起头就可以看见一蓝无际的天海中飘浮着二十七只排列得很整齐的又白又亮的蜻蜓。从树下看，它们似乎是可

* 本篇最初发表于一九四〇年十一月二十五日《现代文艺》第二卷第二期，为《轰炸中及其他》之一则。

爱的东西。然而它们带给我的却只有憎恨和畏惧的感觉。我刚才还听见炸弹爆炸声。现在炸弹又在我们的前后左右响了。和“狂朗狂朗”声相似的巨响，使我们四周的空气震动起来。我不知道炸弹落在什么地方。我也不知道这些残酷的侵略者要到什么时候才终止它们的屠杀行为。我们静静地伏在地上，偶尔用极轻微的声音交换一两句短语。机声极大，并且愈过愈响。我抬起眼睛看天，我满眼都是阳光，只看见头上一片无涯的蓝海，却找不出一个白点子。但是机声就在我们的四周响，我觉得敌机始终在我们的头上盘旋。难道它们仍然在找寻目标？难道它们今天就不给我们一个喘息的时候？机关枪声、高射炮声、炸弹声混杂在一起成了恐怖的音乐。尤其使人心悸的是飞机俯冲投弹的声音。但是这时候我的心反而安定了。我似乎在等待死，对将来不存一点希望，也就没有一点杂念。不过根据我过去的经验，我没有听见炸弹在空中旋转而下的声音，我知道弹落的地方和我们还有相当的距离。这个判断使我从容地坐起来。

但是一种沙沙声突然响起来，声音不小，我知道这是可怕的声音，连忙伏在地上。于是一个大的爆炸声响了，我的身子受到一下震动。另一个年轻朋友跑到稻田里去，他伏在刚割好的稻草上。他后来告诉我们，他被这震动抛了起来，这一下可把他吓坏了。

在这个巨响以后，我们等待着第二次的同样的声音，但是除了机声外我听不见什么。空气也似乎较为宁静了。

我想，今天的灾难大概完结了。我嘘了一口气，正要立起来，忽然一阵飞机俯冲声随风送进我的耳里，声音十分响亮，我瞥见一架敌机的影子掠过我们的头上，我的心被一个恐怖的念头抓紧了，我默默地等待着这个最后的灾难。

然而跟着来的却是安静。机声也渐渐地死去了。过了片刻，四周还没有动静。这仿佛告诉我们敌机已经离开市空了。我们一个一个地站起来，伏在田里的人也走过来，大家开始讲话。所有的眼睛都望着市区的西方。那里正冒着大股黄黑色的浓烟，烟雾遮盖了天空的那一角。

“我们的家一定炸掉了，”在书店里做事的朋友带着绝望的表情说，我也住在那个书店的栈房里面，就是在那个花园里。

“我们的学校恐怕也靠不住了，”第二个朋友说。

“日本人欠中国人的这笔债不晓得要到哪天才还得清！”第三个朋友说。

我没有说什么，我却在想这笔血债将来应该怎样地偿还。

回到城里才知道我们的“家”完好无恙。但是第二个朋友的学校却遭到了惨炸，连她们的宿舍也震坏了一部分。

10月13日在昆明。

十月十七日

空袭警报发出后已经很久了。我摊开带在身边的那张油布，躺在树下小河边一块斜坡上，差不多要睡着了。我闭了眼睛，让那些从树叶间洒下来的秋阳的光点随着风在我的身上和脸上移动，我恍恍惚惚地听见两三个人在我后面低声讲话。

有时我睁开疲倦的眼睛，看见下面大片金黄色的稻田里，几个顶着蓝布包头帕的农妇躬着身子在割稻。四周静得很。连微风吹过、一群蚱蜢在稻草中间跳跃的声音，也隐约地听见了。

抓住人的心的是那突然响起的机声。许多只眼睛从草地上抬起来在空中找寻。那是我们自己的飞机，它的大的灰影子使晴朗的蓝天变得更美丽了，但是它只给我们留下这匆匆的一瞥。

“教练机走了，一定是有情报，敌机要来了，”旁边另一株树下一个穿制服的人说。

接着是一阵可怕的沉寂。似乎所有的人都屏住了呼吸。稻田里有好些人慌张地向我们这面跑过来。

从远处响起了另一种机声，这是那种使人心悸的声音。它渐渐地变大，告诉人：杀人的利器向着这个城市飞来了。

我躺在地上，好像受到了一种压迫似的。

我烦躁地一翻身。我略略抬起头看对岸只隔着这一条沟的小河。对岸和这里极相似，也是被一排树掩盖着，斜坡下也有一片金黄色的稻田。先前对岸还有一些人头在晃动，如今映入我眼里的却只有绿草和黄土了。

“敌机！敌机！”后面有人恐怖地小声叫起来。他伸手指着头上的天空，报告敌机有三架。

我的眼光顺着他的手指往天空射去，正看见一只小小的白蜻蜓从白云里飞出来。我的眼光移动一下，我又看见了另外的两只。它们就在我们的头上飞，在上面盘旋一回，就不见了。起初我还听见机声，后来就寂然了。我想，这大概是敌人的侦察机罢。但是等我刚刚嘘一口气时，另一种更可怕的使人不用分辨就明白的轰炸机马达声又突然自远而近，由小而大，带着大的威胁来了。

"来了，"有人用压抑住的低声说。我略略举头看下面，看四周。没有人影，连割稻的农妇也失踪了。在未割的稻田上，在捆好的稻束上谷穗垂下它们的珠串似的头，叹气似地在风里微微摇摆。

"不要动，"有人在后面低声干涉我，我又默默地躺下。

"在那里，三中队，二十七架，"穿制服的人说。

我听见强大的机声，这好像是从我的头上发出来似的。我连忙用眼光去找寻。在蓝天里出现了一群白蜻蜓的影子。我数着它们，九只一群，共三群，但是有一群中间少了一只。清清楚楚的是二十六架。它们正向着我们这面飞过来。

在我的周围只有死一样的静寂。我不知道今天会发生什么样的灾祸，我不知道我们还能不能再看见我们这个可爱的和平的都市！我只有静静地等待着。我也明白这等待是不会久的。

高射炮在我的左边响了，飞机俯冲投弹的声音也听见了，这是在城市的东南角。先前的二十六架敌机还安闲地在我们的头上飞。这个发见增加了我的恐惧。我不知道今天来的敌机究竟有几批几架。我不知道它们是不是怀着残酷的目的要来把整个繁荣的城市炸成灰烬。

高射炮在我的右边响了。接着是大批炸弹落下的声音。我立刻明白是我们后面那个工厂区的某小镇被炸了。在这边是高空投弹，好像一下子就投下了几十颗似的，砰砰砰地响个不停，配合着左边连续的俯冲投弹声，凑成了一曲送人进地狱去的恐怖的音乐。

这时除了炸弹爆炸、飞机俯冲的声音外，

只有另一株树下一个老太婆带着青白的脸色闭上眼睛，合掌低唤“阿弥陀佛”。

右边二十六架敌机投了大批炸弹以后便逃走了，剩下大股白烟从树梢冒起来。在左边投弹的飞机似乎就只有两架（我只看见两架）。它们从容地投了几次弹，在那个被黄黑浓烟罩着的城市的一角盘旋了一会，才满足地飞开了。

我站起来，就在那个斜坡上看下面受难的城市。东南角上的黄烟还很浓。我不知道灾区在什么地方。不过从那个方向揣测，我想大概还是在金碧路一带热闹的市区。

黄烟渐渐地淡去，树木和房屋现出了一个轮廓，不久它们都像先前那样清晰地图画一般嵌在晴朗的蓝天里。我再找不到这个城市的伤痕，我的心里略略感到一点安慰。我转身看另一个受难的地方，那里还冒着大股白烟。在那个小镇里一定有房屋在燃烧，我仿佛还听见爆炸声。

我又回转身再看市区，那里的蓝天也被一股笔直的黑烟涂乱了。难道有什么建筑物起了火？我的心受到熬煎了。

市区的黑烟不久也就消散了。工厂区的白烟却仍然贴在树梢，许多避难者为我们的损失在唉声叹气。

警报解除后我经过稻田走上大路，看见一个人力车夫模样的中年男子，坐在路旁自语地骂道：

“×你妈，你把昆明就炸光了，老子也还是要抗战！”

我回到市区，才知道这一天的空袭并没有带给我们多大的损害。

1940年10月21日在昆明。

在泸县*

我知道船要在泸县过夜，等它靠好码头，便拿起大衣，戴上呢帽到岸上去，这时不过下午三点钟的光景。

我慢慢地走上土坡，在一个墩上站住，便掉转身子去看江景。白带似的江水横在我

* 本篇最初发表于一九四一年一月十四日《国民公报·文群》。

的脚下，映着午后的秋阳，发出悦目的闪光，和天空成了一样的颜色。岸边一片沙滩，几间茅屋，两只囤船，还有一列帆樯高耸的小舟。这些似乎全陷入静止的状态，但是来往的人却使它们活动了。人们像带色的棋子一般在这块大棋盘上不停地跳动。人们像一根线从囤船拉上土坡，于是颜色和声音混杂在一起，从我的面前飘过。一切于我都是十分亲切。我怀着轻快的心把它们全收入我的眼里。我望着四周景物渐渐地回复到静止的状态中，我才拔脚往坡上的城市走去。

这是我第二次踏上泸县的土地，第一次还是在十七年前。那时我不过是十八九岁的少年，怀着一颗年轻的纯白的心。现在我重睹这个可爱的土地，我的心上已经盖满了人世的创伤，我不能说这十七八年的奋斗给我带来什么结果。不过我走进泸县的街市，仍然只是这个轻松的身子，我的两手并不曾染过一滴别人的血。我想我应该有了大的改变。但是站在一个掷“糖罗汉”的摊子跟前，听着从两个人手里先后掷下的骰子声，望着摊子上三四排长短不齐的糖人，我忽然觉得自己回到小孩的时代了。那个把全部注意力放在碗里的孩子仿佛就是我。我留恋地在这个摊子前站了一刻钟光景，我感到一种幼稚的喜悦。那个孩子空着手走开了，他讲话用的是我极其熟习的声音。这声音引着我走了大半条街。我跟着小孩走，好像在追自己的影子，我似乎一跳就越过了二十年的长岁月。

然而就只走了大半条街，就只有这么短短的快乐的时间！我突然被拉回来了，从远去了的年代回来了。一大片炸毁房屋的废墟横在我面前，全是碎砖破瓦，只有倾斜欲坠的断墙颓壁留下来，告诉我们人家的界限。

焦炙的黑印涂污了粉白墙，孤寂的梁柱带着伤痕向人诉说昔时的繁荣和今日的不幸。有一处，在一堵较大的白壁上，触目地现出“我们要替死者复仇”的标语。我隔着废墟望这些字，这时下落的太阳的余晖正停留在这面断墙上，像一片血光，它罩住了标语的一半字迹。

这不是我的错觉。我看见的应该是血。在这些瓦砾堆中不知埋葬了若干善良的生命。半个不设防城市的毁灭必然包含无数凶残的暴行，烧夷弹点燃的烈火一定会像嗜血猛兽似地吞食了许多人的血肉。这都是说着我熟习的语言、过着我熟习的生活的人们的血。血涂在墙上，血也涂在我的心上。是这些人的血自己在向我讲话，是这些人的血自己在叫喊复仇。

我站在废墟前，让一阵愤怒的火烧着我

的心。我的孩子的梦醒了。从前的繁荣的街市我只能在记忆里找寻，坟墓似的瓦堆掩埋了旧日的脚迹。甚至在这个江边的小城里，还有血痕来烧我的眼睛，不容我的心在昔日的梦中逃避！

惨痛的记忆接连地来了。它们从四面八方袭来，我不能驱走它们。我移动脚往前走，还是看见同样的景象，我还是想着同样的情形。我加快脚步往前走，一座高塔似的钟楼拦住我的视线，“怎样还剩下这个东西？”我刚这样想，我的脚就停住了，好像突然受到惊恐似的。我明明看见一具骷髅！那座教堂的钟楼已经成了风化的干尸，但是它依然僵立在坡上，洞穴似的眼睛望着我，仿佛在诉说它身受的酷刑。

我默默地看着，默默地听着，看那枯焦的骨架，听那无声的语言。这里有一段悲惨的故事。但是我惭愧我只有这无力的手，不能给它任何的安慰和援助。我埋下头走到它旁边。我的眼光被几个浓黑的大字吸引住了，依旧是抗战的标语，它们就写在这座教堂的墙柱上，这是我看惯了的字句。但这时我的头昂起来了，仿佛有一道强烈光芒射进我的肺腑，照亮我的胸膛。我感到勇气的增加。我的信念在这里又受到一次锻炼。然而它还是坚强地从火里出来了。我没有说错话：只有抗战才能够维持我们的生存，和平却会带来毁灭的命运。曾是和平的象征的十字架已经熔化在大火中，而代表一个民族生存的意志的标语，却显明地留在断壁残柱之上，感动了千万的人。这是一个不能否认的事实。

我的思想跑得真快。在这短短几点钟内，我经过了一个民族的若干年的受难的岁月，经历了一个平凡人的二三十年的生活。但是我瞥见一线光明了。

我终于走过了斜坡。眼前现出一片绿色，我还听见有力的年轻的声音。原来我走到公园里来了。这里还是完好的。在树荫下围着一张竹制的小茶桌，六七个穿制服的青年坐在竹椅上，慷慨激昂地辩论。我走过他们身边，我在砖砌的栏杆前面立了片刻，我听见了几句话。他们在谈论中国的将来，这的确是一个大题目。一个二十来岁的人捏紧拳头大声说："我知道时代是永远前进的。但是我们要推动时代，不要让时代把我们拖起走。"

我已经走过了这张茶桌，但是另一个人的激动的声音还从后面追上来："我们一定会得到最后胜利，我们要争取这最后胜利，我们要保持这最后胜利，不管付怎样大的代价，流怎样多的血，我们要战斗到底！"

我站住，倾听下面的话："物质的损

失，生命的牺牲，会带来伟大的结果！你看着，我们就要在这一片废墟上建造起九层的宝塔。”

我感到极大的喜悦。我的确瞥见光明了。这是年轻的中国的呼声。这是在轰炸的威胁下长成的中国的呼声。它是何等响亮，何等有力！我相信它，我等着看那废墟上建造起来的九层宝塔。

回到船上以前我还在各处走了一转。我走过一条很长的马路，我没有注意街名，但我知道这是本城唯一热闹的街市。这里两旁都是完好的商店，还有许多白木新屋。另外在较冷静的街上我看见新的巨厦的骨架和“上梁大吉”的红纸条。一个中国的城市在废墟上活起来了，它不断地生长、发达。任何野蛮的力量都不能毁灭它。我怀着这个信念回到了船上。

晚上十点钟左右船开往蓝田坝上煤，就泊在那里。第二天晨光熹微中船载着我们离开了泸县，缓缓地往上游驶去。

1940年12月24日在重庆追记。

废园外*

晚饭后出去散步，走着走着我又到了这里来了。

从墙的缺口望见园内的景物，还是一大片欣欣向荣的绿叶。在一个角落里，一簇深红色的花盛开，旁边是一座毁了的楼房的空

* 本篇最初发表于一九四二年一月《西南文艺》第二期。

架子。屋瓦全震落了，但是楼前一排绿栏杆还摇摇晃晃地悬在架子上。

我看看花，花开得正好，大的花瓣，长的绿叶。这些花原先一定是种在窗前的。我想，一个星期前，有人从精致的屋子里推开小窗眺望园景，赞美的眼光便会落在这一簇花上。也许还有人整天倚窗望着园中的花树，把年轻人的渴望从眼里倾注在红花绿叶上面。

但是现在窗没有了，楼房快要倾塌了。只有园子里还盖满绿色。花还在盛开。倘使花能够讲话，它们会告诉我，它们所看见的窗内的面颜，年轻的、中年的。是的，年轻的面颜，可是，如今永远消失了。花要告诉我的还不止这个，它们一定要说出八月十四日的惨剧。精致的楼房就是在那天毁了的。不到一刻钟的功夫，一座花园便成了废墟了。

我望着园子，绿色使我的眼睛舒畅。废

墟么？不，园子已经从敌人的炸弹下复活了。在那些带着旺盛生命的绿叶红花上，我看不出一点被人践踏的痕迹。但是耳边忽然响起一个女人的声音：“陈家三小姐，刚才挖出来。”我回头看，没有人。这句话还是几天前，就是在惨剧发生后的第二天听到的。

那天中午我也走过这个园子，不过不是在这里，是在另一面，就是在楼房的后边。在那个中了弹的防空洞旁边，在地上或者在土坡上，我记不起了，躺着三具尸首，是用草席盖着的。中间一张草席下面露出一只瘦小的腿，腿上全是泥土，随便一看，谁也不会想到这是人腿。人们还在那里挖掘。远远地在一个新堆成的土坡上，也是从炸塌了的围墙缺口看进去，七八个人带着悲戚的面容，对着那具尸体发愣。这些人一定是和死者相识的罢。那个中年妇人指着露腿的死尸说：“陈家三小姐，刚才挖出来。”以后从另一个人的口里我知道了这个防空洞的悲惨故事。

一只带泥的腿，一个少女的生命。我不认识这位小姐，我甚至没有见过她的面颜。但是望着一园花树，想到关闭在这个园子里的寂寞的青春，我觉得心里被什么东西搔着似地痛起来。连这个安静的地方，连这个渺小的生命，也不为那些太阳旗的空中武士所宽容。两三颗炸弹带走了年轻人的渴望。炸弹毁坏了一切，甚至这个寂寞的生存中的微弱的希望。这样地逃出囚笼，这个少女是永远见不到园外的广大世界了。

花随着风摇头，好像在叹息。它们看不见那个熟习的窗前的面庞，一定感到寂寞而悲戚罢。

但是一座楼隔在它们和防空洞的中间，

使它们看不见一个少女被窒息的惨剧，使它们看不见带泥的腿。这我却是看见了的。关于这我将怎样向人们诉说呢？

夜色降下来，园子渐渐地隐没在黑暗里。我的眼前只有一片黑暗。但是花摇头的姿态还是看得见的。周围没有别的人，寂寞的感觉突然侵袭到我的身上来。为什么这样静？为什么不出现一个人来听我愤慨地讲述那个少女的故事？难道我是在梦里？

脸颊上一点冷，一滴湿。我仰头看，落雨了。这不是梦。我不能长久立在大雨中。我应该回家了。那是刚刚被震坏的家，屋里到处漏雨。

1941年8月16日在昆明。

火*

船上只有轻微的鼾声，挂在船篷里的小方灯突然灭了。我坐起来，推开旁边的小窗，看见一线灰白色的光。我不知道现在是什么时候，船停在什么地方。我似乎还在梦中，那噩梦重重地压住我的头，一片红色在我的

---

* 本篇最初发表于一九四一年十一月十三日桂林《大公报·文艺》。

眼前。我把头伸到窗外，窗外静静地横着一江淡青色的水，远远地耸起一座一座墨汁绘就似的山影。我呆呆地望着水面。我的头在水中浮现了。起初是个黑影，后来又是一片亮红色掩盖了它。我擦了擦眼睛，我的头黑黑地映在水上。没有亮，似乎一切都睡熟了。天空显得很低。有几颗星特别明亮。水轻轻地在船底下流过去。我伸了一只手进水里，水是相当地凉。我把这周围望了许久。这些时候，眼前的景物仿佛连动也没有动过一下；只有空气逐渐变凉，只有偶尔亮起一股红光，但是等我定睛去捕捉红光时，我却只看到一堆沉睡的山影。

我把头伸回舱里，舱内是阴暗的，一阵一阵人的气息扑进鼻孔来。这气味像一只手在搔着我的胸膛。我向窗外吐了一口气，便把小窗关上。忽然我旁边那个朋友大声说起话来："你看，那样大的火！"我吃惊地看那个朋友，我看不见什么。朋友仍然沉睡着，刚才动过一下，似乎在翻身，这时连一点声音也没有。

舱内是阴暗世界，没有亮，没有火。但是为什么朋友也嚷着"看火"呢？难道他也做了和我同样的梦？我想叫醒他问个明白，我把他的膀子推一下。他只哼一声却翻身向另一面睡了。睡在他旁边的友人不住地发出鼾声，鼾声不高，不急，仿佛睡得很好。

我觉得眼睛不舒服，眼皮似乎变重了，老是睁着眼也有点吃力，便向舱板倒下，打算阖眼睡去。我刚闭上眼睛，忽然听见那个朋友嚷出一个字："火！"我又吃一惊，屏住气息再往下听。他的嘴却又闭紧了。

我动着放在枕上的头向舱内各处细看，我的眼睛渐渐地和黑暗熟习了。我看出了几个影子，也分辨出铺盖和线毯的颜色。船尾悬挂的篮子在半空中随着船身微微晃动，仿佛一个穿白衣的人在那里窥探。舱里闷得很。鼾声渐渐地增高，被船篷罩住，冲不出去，好像全堆在舱里，把整个舱都塞满了，它们带着难闻的气味向着我压下，压得我透不过气来。我无法闭眼，也不能使自己的心安静。我要挣扎。我开始翻动身子，我不住地向左右翻身。没有用。我感到更难堪的窒息。

于是耳边又响起那个同样的声音："火！"我的眼前又亮起一片红光。那个朋友睡得沉沉的，并没有张嘴。这是我自己的声音。梦里的火光还在追逼我。我受不了。我马上推开被，逃到舱外去。

舱外睡着一个伙计，他似乎落在安静的睡眠中，我的脚声并不曾踏破他的梦。船浮在平静的水面上，水青白地发着微光，四周都是淡墨色的山，像屏风一般护着这一江水和两三只睡着的木船。

我靠了舱门站着。江水碰着船底，一直在低声私语。一阵一阵的风迎面吹过，船篷也轻轻地叫起来。我觉得呼吸畅快一点。但是跟着鼾声从舱里又送出来一个“火”字。

我打了一个冷噤，这又是我自己的声音，我自己梦中的“火！”。

四年了，它追逼我四年了！

四年前上海沦陷的那一天，我曾经隔着河望过对岸的火景，我像在看燃烧的罗马城。房屋成了灰烬，生命遭受摧残，土地遭着蹂躏。在我的眼前沸腾着一片火海，我从没有见过这样大的火，火烧毁了一切：生命、心血、财富和希望。但这和我并不是漠不相关的。燃烧着的土地是我居住的地方；受难的人们是我的同胞、我的弟兄；被摧毁的是我的希望、我的理想。这一个民族的理想正受着熬煎。我望着漫天的红光，我觉得有一把刀割着我的心，我想起一位西方哲人的名言："这样的几分钟会激起十年的憎恨，一生的复仇。"[1] 我咬紧牙齿在心里发誓：我们有一天一定要昂着头回到这个地方来。我们要在火场上辟出美丽的花园。我离开河岸时，一面在吞眼泪，我仿佛看见了火中新生的凤凰。

四年了。今晚在从阳朔回来的木船上我又做了那可怕的火的梦，在平静的江上重见了四年前上海的火景。四年来我没有一个时候忘记过那样的一天，也没有一个时候不想到昂头回来的日子。难道胜利的日子逼近了么？或者是我的热情开始消退，需要烈火来

① 见亚·赫尔岑（А. И. Герцен，1812—1870）的《从彼岸来》第二篇《暴风雨后》。

帮助它燃烧？朋友睡梦里念出的“火”字对我是一个警告，还是一个预言？……

我惶恐地回头看舱内，朋友们都在酣睡中，没有人给我一个答复。我刚把头掉转，忽然瞥见一个亮影子从我的头上飞过，向着前面那座马鞍似的山头飞走了。这正是火中的凤凰！

我的眼光追随着我脑中的幻影。我想着，我想到我们的苦难中的土地和人民，我不觉含着眼泪笑了。在这一瞬间似乎全个江、全个天空，和那无数的山头都亮了起来。

1941年9月22日从阳朔回来，在桂林写成。

别桂林及其它*

别了，桂林的夜！

我们记错了开车的时刻，冒着微雨赶到车站，车还没有来。站上挤满了乘客，迎面扑来一阵温暖的语声，使我忘记了刚才在黄

---

* 本篇最初发表于一九四二年九月十六日《宇宙风》第一二七期。发表时题为《随笔三篇——〈旅途通讯〉续篇》。

包车上经过的大段冷清清的黑路。

我同朋友们进了月台，把人和行李都安顿在一把长椅上。头上是一片漆黑的天，没有遮拦，我们缩紧身子坐在长椅上休息，雨已经住了。

列车没有来，这长期的等待是够磨折人的。分别的痛苦把我们抓在它的手里，一捏一松。它给我们看见一线希望，但一转眼它又使我们明白这希望全是空虚。平静的心境给搅乱了，多留一刻，和朋友们多处一刻，也不能使我们再像从前那样无挂虑地谈些快乐事情，恰恰相反，这只会延长我们的担心，拉长那所谓离愁别绪，让我们多有功夫来咀嚼它的苦味。

我爱旅行，但是我有太多的留恋——我留恋人，也留恋地方，我甚至留恋微小的事物。我容易动感情，我知道这是一个缺点，然而到现在我还无法治好这个病。倘使换一个环境，顺自己的性子，我也许会老死在一个小小城市，不与外面世界通消息。但是我并没有这样做，反而走了好些地方，不肯让自己的脚步，也不肯让自己的心灵休息。可是想不到我仍然有那么多的留恋，仍然害怕离别。因此我喜欢单独地来去，没有人送别，也没有人知道我的行期。我纵使提着皮箱，也不觉得自己是在走长路，就要跟一些人、一个地方分别。其次我高兴那种梦似的别离——突然的决定，飞也似地跟着车船驶去，不给人留一点时间来思索，来咀嚼。一句短短的话，一声短短的笑，于是一阵骚动，然后是一片静。船驶进海中，列车在轨道上奔驰，汽车卷起大股尘土飞逝。动的码头和月台渐渐地静下来，送行者慢慢地走回家，旅行的人则在舟车中欣赏新的景物。

现在的情形和这两种都不同。我坐在长椅上或者站在椅旁，我讲不出一句有意义的话，朋友们也是这样，我们默默地捱着时刻。我在阴暗的电灯光下看见朋友们的脸，就想到我今晚要跟他们分别了。

通车还没有来。衡阳开来的慢车先到了。寥寥几个客人下车，月台上还是相当安静。虽有火车头接连的叫声，也不曾打破这沉闷的空气。

我们等待着。风吹起来，夜变得更冷了。我觉得寒气透过我的不够温暖的衣服，触到我那怕冷的皮肤。一个朋友也低声叫起“冷”来。桂林的春夜原是这么寒冷的。没有雨。为了遮住从背后吹来的风，三个朋友张开了雨伞。

阴暗的电灯突然灭了。黑夜重重地压在月台上。我用手电筒的亮光照着翻看一本小书，一个在椅子上打瞌睡的朋友却不安地说手电光会伤眼睛。我们在黑暗中等待了好一会儿，话讲得极少。这送别是相当凄凉的。我只盼望车早点来，立刻来，让我马上离开这些朋友；我只愿即刻离开月台。这痛苦的时刻我实在捱不下去了！

电灯开始重明，火车头的亮光也在远处出现。分离的时刻逼近了，我却感到兴奋，好像我心上的重压快要被卸去似的。我看朋友，他们似乎也有这种感觉。火车头给我们带来了生气。

于是一阵骚动，一阵奔跑，一阵忙乱。我们上了车，我找到了我的房间，安置了行李。铃子响了，声音是那么坚定，它们结束了等待的痛苦。

分别就在眼前，但是意外地我却感到踌躇了。我坐在车厢内，推开半扇车窗，朋友们就立在窗下月台上，八张亲切的脸同他们的微笑一转眼便会消失，我不能没有留恋。我不转眼地望着他们。我觉得眼睛发痛了。

大的雨点在窗外落下。朋友们又撑起雨伞，他们回家时还要走那么一大段黑黑的泥路，八个人，三把伞——我想着，就挥手请他们回去。他们不理会我。我着急起来。就在这时候火车慢慢地开动了。

朋友们摇着手，慢慢地退去。我把头伸出车窗，拚命地挥舞我的帽子。我想把他们拉回来。但是他们已经不见了！

夜包围着我们的列车，使它烦躁地吼叫着往前跑。星群似的灯光还在窗外闪耀，但是它们也逐渐地隐去。我的眼睛还向着窗外望。那最后的几颗星星也消失了。从火车头冒出来的灰白色的浓烟在黑暗的空间里滚动，像一条巨龙在空中飞舞。

别了，桂林的夜。我应该关上车窗休息了。

在金桂通车中

雨跟着桂林留在后面了。第二天早晨，迎接我的是一个晴天。

车厢里似乎只有闷热，狭小的房间放着不少的行李，对面铺上那位乘客的朋友们来往不绝。然而我得承认二等卧车中是相当舒适的。

火车在山中奔驰，仿佛永远不会感到疲倦，它那单调的脚步声已经使许多熟习的耳朵生厌了。

正午，为了填塞肚中的饥饿，又不愿久等服务生送来那盆食之无味的蛋炒饭，我便穿过好些车厢，走到厨房车里去。路相当远，而且因为挂在最后（？），厨房车颠簸得特别厉害，从这里把稀饭等等送出来，的确不容易。倒并不是车里没有这些东西。

我要了一碟馒头，一碗稀饭，一碟香肠和牛肉。服务生给我用一块木板盛着，放在一个箩筐上，旁边有一个用席子盖着的小铺盖卷，他让我坐在铺盖卷上。

车宽大，人又少，我应该坐得舒适，吃得舒适。可是车身震动得太厉害了，仿佛随时都会翻倒似的。我觉得全身都在抖动。我看厨子和服务生，他们倒若无其事地照常工作。我也只好忍耐地勉强把馒头吃完。但是我离开铺盖卷站起来的时候，两只脚几乎站不稳了。

下午两点半光景，火车把我载到了金城江。

金城江

金城江比半年前更繁荣了。那么拥挤的人，那么嘈杂的声音，新的建筑，堂皇的名字……我几乎以为这是另一个地方。

我雇了挑夫把行李挑到铁路宾馆去。但是我的箱子刚挑到检查处等候检查的时候，我忽然改变了心思，从检查处出来，我吩咐挑夫跟着我去汽车站。

去河池的车票刚刚卖完，车子还没有到。我拿着一封介绍信去找一位办事人，他意外地替我买到一张最后的票子，并且叫人把行李给我过了磅，让我在候车处安心等着开车。

在候车处一张大餐桌的四周，人们正在谈论香港的悲剧，从装束、态度和口气，我知道他们是香港脱险出来的同胞。汽车中的血，沙发内的十万港币，舞女的巧计，门前的死尸……还有种种惊心动魄的题目。谈了又谈，谁也不嫌重复和详细。车还没有来，这班车是先由河池开来，再开回去的。现在它脱班了！

在我快要等得绝望的时候，车子到了。河池来的客人下了车，我们再依着次序上去。我坐在司机台上，但是地方相当窄，连转动身子也不方便，可见车内的拥挤了。

摩托叫吼，车轮跟着滚动，一阵难闻的汽油味扑上我的鼻端。我这样地离开了金城江。

车子出了车站，在马路上跑起来。我向着金城江那些门面华丽的竹棚式的房屋投下最后的一瞥，我不禁想起在火车中听见的关于这个地方的谈话：

“金城江，神秘的地方。娼妓、赌博、打架……没有一样它没有。人们的钱花得像江水一样，去了就不会流转来。在这里住上几天，就必须留下一些东西，带走一些东西，也许会有人带着美丽的回忆走开的，但是更多的人从这里带去了痛苦的记忆。这里的确是一个神秘的地方。”

河 池

河池，我还认得这个别了五个月的老朋友，它没有多大的改变。

这个小城只有一条石子铺的街道，商店、旅馆和一部分的机关就立在街的两旁。比起金城江来，这个小城朴素多了。人不会相信金城江还是河池县管辖的一个小地方。

为了等车我得在这里住四个夜晚。在一个比较干净的旅舍中我开始了单调的生活，每天散三次步，吃两顿饭，睡两回觉，其余的时间，我便用来写信看书。

在旅舍中，第一个晚上我睡在一间没有窗户的小房里，第二天早晨我便搬进了一个靠街的房间。房间不大，但靠街有两扇大窗，挂着半截的窗帘，窗台相当宽，窗台旁挂着一幅淡黄色窗帷。书桌放在窗前，坐在桌前抬起眼睛便可望见无云的蓝天。对面是一所平房，刚刚给粉红色的窗帘遮住了。旅舍建筑在街的一头（街的两头大半是住房），离商店较远，所以比较清静。

在这里我醒得早，早晨我常常沿公路散步，再转到山脚，去听绿树上群鸟的歌唱。散步回来，在旅舍的小屋内，因为爱惜明媚的阳光，我还坐在窗前翻译了王尔德[1]的一篇

---

① 奥・王尔德（O. Wilde，1856—1900）：英国唯美派作家。《自私的巨人》收在童话集《快乐王子集》内。

题作《自私的巨人》的童话。

散步的时候我常常走到汽车站，在那里徘徊十几分钟，每天我都遇见好些熟习的面孔，可见到那里去的人并不止我一个。不同的是，我在那里不讲一句话，别人却不断地询问、恳求，甚至哀求。这些办法并不是完全没有用处。不过白费精神的却不在少数。有一个本地人讲得好："个个是人，个个会讲话，个个要先走，结果总有一些人留在后头。"

公路车一个星期开三次；另外有三班交通车，却是专给公务人员乘坐的，登记的人也相当拥挤；坐商车花钱多，还不舒服，坐别的车又怕路上发生问题。一车一车的人从桂林、金城江不断地运来，填塞在这里的各个旅店里，大小房间都装满了。每天到处都听见人在问："有房间没有？"在每个旅馆门口人们互相问询："找到车子没有？""你等了几天？”“找车子好伤脑筋啊！”倘使听到一句“我明天走！”或者“我后天走！”（多么骄傲的一句话！）谁都会用羡慕的眼光看那个说话的人。不管他坐的是什么车，能够往前走的人便是幸福的。

我每天逛三次街，街只有一条，中间的一段便是热闹的中心区，有菜馆，有洋货店，有药铺，有镶牙馆（镶牙馆多得叫人不相信自己的眼睛），还有别的商店，却没有一家卖书报的铺子。

夜晚比白昼热闹，这里有夜市，洋货摊、烟摊、饮食摊、刻字摊……使得狭小的街道变得更狭小了。人们不断地从旅店和菜馆中走出来，带着各个地方的口音，谈论旅途的见闻。没有消遣的地方，好些人便集在旅馆的厅堂内。大多数的旅店都有一个可以作为临时谈话室的地方。偶尔一两位汽车司机在这个地方出现了，便会留下那一对上海口音的男女，唱两三出平剧；只有他们会做那对嗓子不好的清唱家的慷慨的顾客。

每晚我都看见那一对清唱家，是两个面带烟容的瘦弱的人，他们走起路来，步履也很艰难。男的拿胡琴，女的抽香烟，看他们那种斯文样子，倒像是落难的富家夫妻。他们从前也许经历过不少荣华的岁月，如今却流落异乡，在汽车司机的笑颜下面讨生活了。

今天傍晚，我去看了“丹池公路殉职工友纪念塔”，这不是什么伟大的雕刻，然而它抓住了我的心，它是伟大的牺牲精神的象征。我不认识那些陌生的名字，他们更不知道我。但是如果没有他们的血汗，我怎么会跑到这里来？又怎么能够往北去？望着这块刻上许多不朽名字的纪念塔，连我这个渺小的人也怀着感激的心思掉泪了。

“明天我就要踏着你们的汗迹、血印往前走了。可是我又有什么报答你们呢？”我揩着眼泪低声说。

不仅是我，许多经过这条公路的人，都应该拿这样的话问自己。

1942年3月18日在河池。

邮政车中*

邮政车中

早晨河池的阳光欢送我，又是一个很好的晴天。我自己把两只皮箱和一个皮包拿到邮局汽车站。转进那条横街，我觉得有点吃

* 本篇最初发表于一九四二年十一月一日《宇宙风》第一二八期。发表时题为《旅途通讯·续篇》。

力，便把箱子放在地上，打算休息片刻。这时候一个工友模样的人从后面走来，笑着对我说：“我看你拿不动，我来拿。”他不等我答话，就提起我那只大皮箱，踏着大步子往前走了。到了站门口，他放下箱子，似乎连我那句道谢的话也没有听清楚，就匆匆地走了。他好像是在邮局里服务的，可是以后我便不曾再看见他。

我办好手续上了邮政车。到开车的时候，车子却不肯动了。司机坐在司机台上，另一个人倒开着另一部车在后面推动。推了一阵，没有用；再推第二回，还是“一个屁也不放”（借用司机的话）。这样地推了五六回，我们车子的摩托才叫起来。

车子开出车站，先去装邮袋，邮袋装好，又耽搁了一会儿，在九点钟的光景，它才经过“丹池公路殉职工友纪念塔”，离开了河池县境。

金黄色阳光从蓝空中撒下，长春的绿树在车顶上挥舞它们的枝叶，鸟群愉快地在每棵树上歌唱，我带着满眼明亮的绿色离开了河池。在这一刻河池的确显得非常美。

车开得快，因此也震动得厉害。我和另一个人坐在车上，还有一个搭客坐在司机台上。我们在车上并不能说是坐，不过是半坐半躺地在邮袋上面打滚。车子走了十多公里以后，我那没有习惯汽车生活的脑子给抖得有点胡涂了，也无法领略在万山丛中奔驰的乐趣。

车子逼近六寨时，忽然出了毛病，司机停了车修理许久，才勉强把车子开到六寨。我们在六寨吃饭的时候，又看见修车厂（就叫它做大同修车厂罢）的两个工人在修理我们的车子。这个修车厂就在饭馆的对面。

从六寨出来，我才注意到喇叭不响了。每逢应当按喇叭的时候，司机（也许是押车的）就拍车板来代替。我常常听见砰砰砰，起先觉得奇怪，后来才恍然明白了。

我看见一块高高地耸立着的纪念碑模样的牌子，像展开鹰翼似地从旁边飞过，我瞥见了牌上的字样，才知道它是为着纪念桂黔两省公路的衔接而竖立的。我想，再往前走应该进入贵州省境了。我便注意地往前后看。山不还是一样的么？土不还是一样的么？树不还是一样的么？这四万万五千万人不是一个亲密的大家庭么？省界的区分并不是为着分割一个民族而存在的。我们不要用省界来拘束自己。

下午，车开到独山城外，在邮政局车站前停了下来。

过独山

前一次经过独山，我仅仅在车站旁边一条街上走了一会儿，那是在夜晚，我不曾看清楚什么。这次车到得早，我在太和旅社开的那间当街的楼房里充满阳光，纸窗亮得可爱，我一点也不感到疲倦，我真想坐下来写两三个钟头。然而我得出去打听第二天早晨开车的时间，也只好暂时抛弃了这间明亮的屋子。在邮政车站我遇见了一个同车的人，他邀我逛街，但是走在半途，他又有事走开了。我一个人进城去走了一大转。我到处停留，到处看，回到旅馆的时候，黑夜已经帘帷似地挂在我的窗外，我得大声叫茶房点灯了。

独山城相当大，街道窄小而整洁，店铺多，大都是平房。每家门方上贴着崭新的春联，有些写得很有趣，可惜匆匆一瞥，什么都没有留在我的眼底。我只记得门方上贴着“迎亲大吉”、“于归大吉”之类的横额的也不少。那么，这应该是一个喜庆的城市罢。

夜带来更多的车。车又带来更多的人。卡车、客车、军用车、邮政车、商车，它们线似地停在车站那条街的两旁。各种各样的人带着尘土立在车的四周，行李凌乱地堆在地上。北方口音、江浙口音、两湖口音、四川口音、广东口音、福建口音，它们像一支神奇的乐曲在这里奏起来。

在一家北方酒馆的门前，一个中国青年用英语给两个美国人解释中国菜名。在另一个北方馆子里，两个苏北口音的绅士向掌柜先生交涉借宿的事。“好，包给我，你九点钟来，我给你预备好房间，”一个熟识的年轻茶房说。掌柜先生加上一句：“你先进城去，找不到再来。”穿黄色雨衣挂热水瓶的绅士立刻答道：“找不到房间，我才到你这块来。”他说的是真话。

在广场上，在“抗日阵亡将士纪念塔”前面，一个山东汉子对着一群人在讲包文拯时代的英雄故事。一个伙伴替他收钱。他讲得很不错，而且讲中有唱，他唱时，那个伙伴还要拉胡琴。听众不少，似乎都很感到兴味。但是他讲了一回，讲到精彩的地方就停下来要钱。他的伙伴把装满角票的香烟纸盒拿到那张放灯和放茶壶的条桌上。他一数，说是只有两块钱，还差三块，要收够了钱，他才肯接下去讲唱。他等待着，说了些鼓动的话，于是有人叫了：“拿去！”伙伴去接过来，只有两角。“还差两圆八！”他嚷道。另一个人叫：“拿钱去！”是一张两圆的钞票。“还差八角。”他倒这样认真。我也出了一块钱。他高兴地宣布：“多了两角，下回少要两角。”这个汉子也辛苦了，从山东跑了这么多的路来到这里。

早晨天没有亮，我就起来，把行李拿到邮局车站门口。街上已经有不少的行人了。车站的大门还关着，我坐在门前白石上等候天明。

过了半点多钟，司机慢慢地走来敲门，门开了。我和另外两个客人也跟着进去。今天换了一个司机，也换了一辆车。邮袋在昨晚就装好了。我和昨天那位同车者仍然必须躺在邮袋上面。车上多一张油布，却少了一个竹篷。

六点钟光景车子飞也似地开出了独山车站。车一路颠簸着，我们也在邮袋上面颠簸。风相当大，叫人有点受不住。我看见阴暗的天色，就一直耽心着下雨。而且和昨天那位司机一样，我们这位司机在中途也带了几个“黄鱼”，叫大家挤在一块儿，连腿也伸不直了。

但是不管这些，我仿佛看见贵阳在前面向我招手。我高兴地想：下午我便可以在贵阳的大街上散步了。

3月22日在贵阳追记。

贵阳短简*

我还记得你对我说过你讨厌贵阳的天。你似乎十分相信那句老话:“天无三日晴。”但是现在我告诉你,我在这里接连看见几个美丽的晴天。头上没有一片云,天空是淡青色的。阳光给树叶薄薄敷上一层金粉。大群

---

* 本篇及下篇《筑渝道上》最初同时发表于一九四二年十二月十五日《宇宙风》第一二九期。发表时总题为《贵阳短简及其他——〈旅途通讯〉续篇》。

苍鹰展开两翅在空中自由地翻腾，麻雀在屋檐上愉快地讲话。一阵微风吹到脸上，就像是一只熟习的手在轻轻抚摩。桃花盛开，杨柳也在河畔发芽。我呼吸着春天的空气。

我坐在“社会公寓”的一间整洁、明亮的小小楼房里给你写信。窗下是一个有绿树点缀的天井，我的书桌安放在窗前。对面楼房后耸起来一座八角亭的第三层顶楼，顶尖是用五个颜色不同的磁瓶叠砌起来的，这时它正在午后阳光下灿烂地发光。八角亭的每只角尖上伸起一个骄傲的龙头。在一个龙头的旁边忽然飘起了一只白白的小风筝。棕色的书桌还是新近油漆过的，在它的发亮的表面上也有一块小小的天，不过颜色却淡成灰白了，有时我俯下头就会看见一只鹰在桌面上掠过。除了鹰，这里还有乌鸦和它们那单调的呱呱声。

晚上我又看见更美丽的星天。其实这是月夜，但是我更喜欢提说星星，一钩新月，好些星星，蓝天显得很亮，星星像灯一般地挂在我的头上，好像我们随便拾起一个石子掷去，便可以把它们打落下来。为了这样的夜，我宁愿舍弃我的睡眠。

离开天，再来看地、看人，我想这些应该和你两个月前看见的差不多。街道不会变。人也不会变。人永远是那样，街道也永远是那么拥挤。

昨天下午我在大街上散步。我忽然起了一个奇怪的想头，眼前那些人似乎都是过路的、活动的，他们的脚不会停留在一个固定的地方。他们不停地跑，朝着各个方向跑，匆匆忙忙，去了回来，回来又去，到处都是站口。大家抢先恐后地挤到一个无形的热海里去洗一回澡。头上是汗，心里是火，大家热在一起，大家在争取时间，大家在动、在战斗。大家都疯了。

“走啊，走啊，快向前走啊！”到处都是这样的叫喊，高声的、低声的、有声的、无声的，似乎整个城市都在附和着，整个城市都在动。

汽车的摩托响起来；沿着公路无穷无尽的车子开过来又开出去；商货卸下一批，另一批又装上了一部车子。麻袋、蒲包、木箱……有的在城内留下；有的却从城内往外流去。这里原是一个转运的站头，它又是三条叉路的中心点：从这里有无数的车辆开往重庆、昆明和桂林。

每个旅店门前都挂着一块黑板，上面写着最引人注目的白字：“今晨有车直放重庆、昆明、金城江，请向本帐房登记。”或是金城江，或是昆明（曲靖），或是重庆，在黑板上每天至少总有一个地名。真有车开么？没有那样的事！或者偶尔有一辆商车开往什么地方托帐房代拉两个客人，这倒是可能的。半年前我经过这儿，住在一家旅馆里，就看见两个去重庆的学生为了坐车的事跟旅馆的人打架，听那两个学生的话，好像是人家先收了他们的钱才去找车，而车又不好。事情过了半年，我也记不清楚了。不过现在有一件事倒是确实的：运输统制局禁止烧汽油的商车从这里开行。要把汽油车改装上烧木炭的设备，也不是短时间内办得到的事，那么哪里来的车子直放××呢？难道是为了安慰旅人，减轻他们的等待的痛苦，才故意挂上这块黑板，绘上一点点希望的彩色么？

“我明天走了，”能够说这句话的人是幸福的。可是幸福的人每天只有少数。住在旅店里和亲友家中焦急地等车的人不知道还有若干。中国运输公司的班车是照常开行的。到车站去登记罢。往重庆可以在十九天以后买票；去金城江必须整整等待一个月；曲靖的班车从三月四日起就停开了。那么怎样走呢？我们能够飞么？不走，难道还可以把旅馆当做家？况且旅馆都有规定，限制旅客久住。即使旅馆可以通融，但是那样高的房钱谁能够长期负担？

我在这里等了六天了，不知道还要等待若干时候。从物价较低的地方跑到物价高涨的这里住下来，而且还要到生活程度更高的地方去，我也跟着别人跑。为着什么？难道我也在发疯？但是我不管这有限的旅费是否会在这长期的等待中耗尽，我每天仍旧安静地在明亮的窗前读书，或者在暖和的阳光下与平静的星夜里在“社会公寓”门前小河边散步。我的心的确是安静的。倘使我在争取时间这一点上战败了，那么就让我利用这个机会休息一会儿罢。

你知道我的脾气。我懒得为找车的事情到处奔跑。其实这句话也有点夸张。我已经奔跑过了，事情也有了眉目，说不定再等两天我便会离开贵阳。

1942年3月25日在贵阳。

筑渝道上

别贵阳

听说是早晨六点钟开车，我不等天亮便醒了，用手电筒照着看表，不过四点多钟，“公寓”里还是一片黑，一片静。我想再睡一会儿，闭上眼睛，脑子里却好像起了骚动似的，思想起落不停，我觉得烦躁，便睁开眼从床上坐起。天开始泛白色，房里的桌椅在阴暗中渐渐地露了出来。等我穿好衣服，用昨夜留下的冷水洗了脸漱过口，茶房才用含糊的瞌睡声来叩门。

我应当感谢这个年轻的茶房，他为我至少牺牲了一小时的睡眠，他把我的两只皮箱提下楼，又为我打开“公寓”的大门，还跑到街上去叫来一部黄包车。

天已经大亮，麻雀吱吱喳喳地在檐前叫个不停，清晨的凉风送我上车。我望了望河边的几株绿杨，桥头停着好几辆去花溪的马车。只有箱子似的车身，马不知歇在哪里，倘使不离开贵阳，我今天会坐这样的车到花溪去。但是现在我失掉机会了。啊，不能这样说，我看表，只差十分钟就到六点；黄包车还要走一大段路，又有上坡路，说不定我到车站时，邮车已经开走了。我很着急，可是车夫拖着人和箱子走不动，也没有办法。

我后来下了车让车夫单拉行李，车子终于到了邮车站。我并没有来迟，好几部汽车都停在站上。开重庆的汽车到七点钟才开出车站。这次我安稳地坐在司机台上，两手抱着皮包，眼光透过玻璃窗直望前面的景物。

街旁的店铺依次向后退去，尘沙在空中飞腾，汽车跑着、吼着，沿着灰白色的公路，离开了阳光笼罩的贵阳城。车很兴奋，我也很兴奋。

筑渝道上

汽车疯狂似地跑着。它抛撇了街市，抛撇了人群。它跑进了山中，在那里它显得更激动了。

公路像一条带子，沿着山坡过去，或者就搭在坡上，叫车子左弯右拐，有时绕过山，有时又翻过山。我只见一座一座的山躲到我后面去，却不晓得走过了若干路程。

山全是绿色，树枝上刚长满新叶，盛开的桃李把它们的红白花朵，点缀在另一些长春的绿树中间。一泓溪水，一片山田，黄黄的一大片菜花，和碧绿的一大块麦田。小鸟在枝头高叫，喜鹊从路上飞过。两三个乡下人迎面走来，停在路边，望着车子微笑。七八匹驮马插着旗子摇着项铃慢吞吞地走着，它们听见了车声便慌张地让路。

这一切抓住了我的心。我真想跳下车去扑倒在香味浓郁的菜花中间，我真想像罗曼·罗兰的英雄克利斯多夫那样叫道：

“为什么你是这样地美？……我抓住你了！你是我的！”

一片土，一棵树，一块田……它们使我的眼睛舒畅，使我的呼吸畅快，使我的心灵舒展。

我爱这春回大地的景象，我爱一切从土里来的东西，因为我是从土里来，也要回到地里去。

生命，无处不是生命。在现代化的城市里生命常常被窒息；在这群山中，在这田野上，生命是多么丰富，多么美！

正午我们在坝水镇吃中饭，阳光当顶，天气相当热。午前我们的车子经过乌江，那是一段从石山中间凿出来的危险路，车子紧紧地傍着悬崖走，一旦失脚，便会落在无底的江中。铁桥是新近造成的，高高地架在江上，连接了两座大山。车子过了桥，便往对面的山上爬去，我转脸一望，已经绕过一个大圈子了。下午，太阳快落坡的时候，我们到了被称为“黔北锁钥”的娄山关，车子再往前走，从山上转着急弯盘旋下去，路也是相当危险的。司机精神贯注地转动车盘。我朝下望，公路在两座绿色的高山中间一弯一拐，恰像一条山涧流向我的眼光达不到的地方。车子一颠一簸地往下滚动的时候，我注意司机的脸部表情，那种严肃和紧张是看得出来的。但是我放心了，仿佛眼前就是平坦的大路。

我们到达桐梓的时候，太阳刚落下山去。月亮已经挂在天空了。又是一个温暖的月夜。

晚上在桐梓的街上散步。只有几条街，相当整齐；还有电灯，这倒是我没有料到的。

我和另一位乘车者这一夜就住在邮车站附近一个人家，离城有一公里远，我们踏着月色走回那边去。坐了一天车子以后，走在宽阔的马路上，我觉得非常爽快。

第二天早晨天不亮，我就起来了，可是在车站上还耽搁了好一阵子。天色阴暗，我们头顶上便是大片灰暗的云，好像随时都会落雨似的。

车子经过花秋坪，这里又是一个危险地

方，不过我在车上什么也看不见。车到山顶，四周全是云雾，我看见一块写着“花秋坪全景眺望台”的牌子。从那里望下去，我应该看见许多东西，但是一片雾海把它们全遮住了。车就在云雾中走，前后都好像没有路似的。然而转一个弯，过一个坡，路自然地现出来了。下了山，抬头一望，山头云雾弥漫，我不觉疑惑地想起来：我真的是从那座山上下来的么？路在什么地方呢？今天换了一个司机，是广东人，也是一个熟手，和昨天的湖北司机一样，而且他更镇定，更沉静，开车更有把握。我用不着耽心。

押车的还是昨天的旧人，他坐在邮袋上。每到一个邮局或者代办所，车停住，他就得爬下来办事情。昨天在遵义搬了那么多沉重的袋子下来，也够他辛苦了。今天的工作倒轻松了些。

车子过綦江，并没有停多久，但我们也下去站了一会儿。坐得太久了，也是一件苦事。然而前面还有八十几公里的路。

在一品场停车受检查，海关人员和宪兵都爬上车来，检查相当仔细，我的两只箱子都打开了。在前面另一个地方还要经过一次检查手续。每一次检查都告诉我们：重庆城就近在目前了。

五点半钟，车子到达海棠溪，在公路车站前我瞥见了一个朋友的影子，他追上来在车窗外向我招手，我还来不及回答他，车子就把我载到江边叠满石子的滩上。

我下了车，望着那个向我跑过来的朋友的影子，我放心地吐了一口气：现在我终于到了重庆了。

1942年3月30日在重庆。

成渝路上*

早晨天刚刚亮，车子从城里开出去。我向着那个拿着手杖在车窗外频频点头的朋友挥了挥手，他那带睡意的笑脸仿佛还在我的眼前摆动。但是车子却发出巨大的吼声滚滚不停地沿着宽广而倾斜的马路驶下去了。我

* 本篇最初发表于一九四二年十一月十五日《抗战文艺》第八卷第一、二期合刊。

勉强睁开疲倦的眼睛，望着窗外的街景。最后的几点灯光灭了。一阵微风，一股眩目的光从失去了玻璃的车窗扑进来。车子在清洁的南区马路上沿着山转弯倒拐，一条大江低低横在我的右边，公园中昂然自得的绿树常常捉住了我的视线，我偶尔伸出头去望天，乳白色中泛出一点浅蓝。一个晴天就要在车顶上展开了。我觉得心里一阵爽快，慢慢地闭上了我的沉重的眼皮。

车子停住了，我睁眼看窗外，一条较安静而整齐的街，寥寥几个行人。晓风轻轻拂着我的脸颊，我的眼皮又垂下来。睡梦模糊中我又觉得车子开动了。我的身子跟着车身颤抖，我感到一阵舒适，我一夜没有闭眼，现在算是得到了补偿。这以后汽车一停一动，我都不去注意了。我也不知道这样迷迷糊糊地睡了多久，忽然听见有人唤我，我睁开眼睛，才发觉车子在青木关停了，这是司机在对我讲话，他要我下车去休息一会儿，他还要取用放在我坐垫下面木箱里的东西，大概是钳子之类罢，我也没有留心。

下车走了一阵，我觉得精神渐渐地恢复了。这里的马路和房屋对我似乎并不陌生。我去年从成都到重庆搭的公路车在这里坏了，耽搁了半天，要不是意外地遇到另一辆车，我和一位年纪较大的朋友，就会在这个地方睡一晚上桌子，因为那时客栈已经住满了人，我们只能在一个茶馆里面找到两张桌子，而且还付过了定钱。这仿佛是昨天的事情，怎么一转眼就过了一年多！在这中间许多人、许多事都改变了，我不愿意多想。

我看天，天空全是灰云，不过顶上是亮的，好像要下雨，又像不会落雨。我的行李放在卡车上，没有篷遮住，有一个包袱，是朋友托我带到成都的，里面全是小孩的衣服，我耽心会给雨打湿，正想爬上去把包袱取下来放进司机台内，司机又招呼我进车了。押车的高高坐在卡车上，他知道我的意思，便对我说，不要紧，今天不会落雨。

他说得对，这一天的确不曾下雨。车子跑得极快，一晃便过了璧山，再过来凤驿，过永川，过荣昌，过隆昌，下午三点多钟车子过了椑木镇驶上渡船，我仍旧坐在车内，望着窗外一片大江，对岸的景物渐渐地移近。左边未完成的内江铁桥的桥墩寂寞地立在江中，依旧是它们几个，保持着同样的可望而不可即的距离，还没有一道桥来连接它们。“什么时候呢？”我每次经过这里，都要暗暗地问一句。但是没有人回答我，恐怕也没有人能够回答我罢。

船走得慢，我看看司机，他的脸上带着

安闲的笑容。我真佩服他，他怎么能够这样镇静！先前在来凤驿发生的一幕喜剧还留在我的眼前。

车子停在来凤驿，就是这个司机，他安闲地坐在我旁边，我望着窗外的来往行人。一个人跑到他的窗外同他讲话，起初声音不高，后来忽然吵起来了。我掉过头，正看见司机伸出手刷的一下在那个人的脸上打了一个嘴巴。这一记耳光很有效，立刻激起了公愤，那个人一嚷，许多人都跑来围住车子。那个人，苍白色的瘦长脸，发红的眼睛，没有血色的嘴唇，他站在车窗外，伸进一只手拉住司机的领口，一面嘶声嚷着："还我的钱，还我一百二十块钱，不还钱就脱不了手。你把人害得好惨。你钱到了手等我去喊客人来，你就开起车子跑了。人家找我赔钱，害得我当衣裳当裤儿来赔。四月十四日的事。

好容易今天等到你，你不给钱还要打人！我们找街坊讲个道理！”

司机的领口被捏得紧紧的，他挣不脱，也没有别的话好讲，起初还分辩说，钱已经在永川交还给谁了；后来又说，拿出条子来，就还钱；最后，就只说，“老子没有钱。你敢拦车，当心你脑壳！”

“要钱又不犯罪，难道还会砍脑壳！”旁边有人不平地叫道。又有人在嚷：“把他拖下来，拖下来讲！”司机似乎处在更不利的地位了。他应该听见这些声音。可是他的脸上仍然带着笑容，他不慌不忙地说：“你先放开手，放开手我就还钱。”

“哼，放开手你就开起车子跑了，我在哪里找你去？”要钱的人气恼地嚷道。

人行道上有两个女人在讲话。一个三十左右的妇人指着说：“就在那个当铺里头当的，我都晓得。”另一个年纪较大的同伴接口道：“碰到了，还不出钱来，喊局长作个保人也好。”

“虽说而今钱不值钱，一百二十块钱也不好乱拿。今天不还钱，恐怕走不了路。虽说是国家的车子，不该挡；带‘黄鱼’也不是不犯法的事，闹到上头去，司机也有罪，”另一个五十岁光景的男子手里捏着一根长长的叶子烟袋在一旁自言自语道。

司机的脸上仍然带笑，不过他也不再替自己辩护了，他只是温和地说：“放开手，我就下来。”那个人果然放开手。他便打开门走下车来，若无其事地对要钱的人说：“下来了，没有钱又怎样？”

接着是一阵争吵，人声嘈杂，好些“打抱不平”的人拥了上来。司机算是让了步，他跟着人们到邮局去了。

过了好一阵，我才看见司机从邮局里走出来，脚步慢，态度安详，脸上泛着微笑，仿佛并没有遇到什么麻烦事情似的。他向着车子走来，打开车门，进到车里，一只手捏住车盘。车子刚刚开动的时候，他忽然大声骂起来："哪天老子开车把你们都辗死，一个都不留！"只有在这个时候他的笑容才消失了。他脸上的表情是相当可怕的。

下午四点钟光景，车子到了内江，依旧是那些热闹整齐的街道，和我去年看见的没有两样。我认得这个城，我去年在这里住过一个晚上，现在又得住一夜了。车子穿过城，驶往郊外的车站，车站离城约有一里多路，在绿树丛中；据说这里是一所公园。

城里旅馆内空房不多，我走了几家旅馆，才找到一个房间，相当宽大，有藤椅和茶几。我在椅上坐了一些时候，又写了两封信，才出去逛街，顺便找一个干净的小馆子吃了晚饭。

我走出饭馆，天已黑尽了，街上行人不少，店铺里灯火相当明亮。在街口，一个人家的檐下高高地摆着一张讲“格言”的桌子，一个老头儿坐在桌边椅上，讲说一段丈夫虐待贤慧妻子的故事。他讲得津津有味，而且摹仿几个人讲话的口气，讲到沉痛的地方，甚至站起来，用带哭的声音申诉，因此颇能感动听众。那些人（男女老幼）仰起头不瞬眼地望着他，一点声音也没有。我站在人丛中听了一会儿。二十几年前我常常立在街中听这一类劝善奖孝的故事。那时我还是一个孩子，曾被它们感动到流眼泪。内容似乎还是一样，不过那时候人们称这为“圣谕”，现在改称作“格言”了。桌子上仍然有一对红烛，却只燃着一支，香炉取消了。一块黑牌子上面刻着两个金字“格言”。

九点钟光景，我走回旅馆，雇好挑夫，叫他明天早晨天刚亮就来找我，我害怕我会“睡过了头”赶脱车。

第二天我起得很早，用手电筒照着路走出去，叫醒茶房给我点灯倒脸水。我等待挑夫正等得不耐烦时，他才慢吞吞地走来。我们赶到车站，车子已经准备好，快要开动了。

今天换了一部轿车，是去年的新车子，司机台旁边只有一扇门，另一扇门不开在我的旁边，却开在后面，我要下车应该先转到后面去，比较不方便。因此我这天下车的次数大大地减少了。司机换了一个，押车的仍是旧人。据押车的说，今天的司机是局里开车开得最好的，本来是领班，用不着自己开车了，他觉得闲着无聊，想出来走一趟，或者可以叫“手头松一点”。

押车的说得不错，这个司机开车果然极稳。我们平平稳稳地经过了许多地方。在球溪河吃中饭，休息了一会儿。这个地方我去年也到过、住过，一切和我去年看见的相同，这个车站，这个客栈，我去年也在这里吃过饭。我还记得，那个傍晚我要了四两酒、一盆菜、一碗汤，就在临街的桌旁坐了两个多钟头。我想多喝酒，可是只喝了三分之一，其余的就送给一个烂脚的小孩搽疮了。

饭后上了车，我觉得很倦，就在车上打瞌睡。不知道在什么时候，车子转弯开上一道桥，把我惊醒了。我睁眼一看，正看见下面河里一辆卡车侧着身子静静地躺在桥墩旁边。这样的覆车的惨剧我看见不止一次了。公路相当宽，又不是大转弯，开车应该容易。

“平路易翻车”原是一句空话，却不想在公路上倒常常应验了。

车子开到资阳车站，正要停下，忽然迎面驶过一部卡车，我匆匆一瞥，来车上似乎有十多个人，其中一张脸却是我十分熟习的。但我一时想不起来这是哪一位朋友的面容，下车去看又不方便，而且我不知道来车是不是要在资阳停留。我正在思索，忽然听见一个熟人的声音唤我，我惊喜地转头一看，站在车窗外的原来是一位别了八九年的老友。他还是那样年轻，脸上带着和从前一样的笑容。他伸手进来同我握了手。我们谈了几分钟，他问起几个上海友人的近况，我把我知道的全讲了。十年前在上海闸北宝山路鸿兴坊世界语学会里，我常常和这位友人见面，当时常常在一起的还有几个朋友，如今有的已经离开这个世界，有的还陷在上海过着艰苦的生活，有的则在内地飘流、久无音信了。这个友人几年来都在电报局服务。我知道他服务的机关，却不知道他服务的部门和地点。这次他带了几个职员乘一辆卡车在成渝一带视察，现在他们从成都回重庆，顺路在成渝路沿线各处勾留。车子今天从简阳开出，准备到资中去，他在车上看见了我，才吩咐司机停车来和我见面。虽然是匆匆一晤，但他的盛情却是值得感激的。分别时他还给我留下一个重庆的地址。两部车子相背地开走了。我仿佛还在窗外树丛间看见他的笑容，我觉得心里暖得很。

车子开得很快，很稳。……一瞬眼车子就在龙泉驿“爬坡”了。我的眼光跟着车子左拐右转，公路在山上盘旋，车子不慌不忙地打着圈子。我很兴奋，我想起那个老友刚才说过的话：“成都是个好地方，你可以多住些时候。”

到了成都，进了城，车子在站上停下来，我看表，不过三点多钟。这次到得这么早，倒是我想不到的。

1942年5月2日在成都。

从南京回上海*

日军开始进攻闸北的那个夜晚，我正在由沪开京的火车里，所以我很安全地给火车

---

* 本篇最初发表于一九三二年七月一日《大陆》第一卷第一期。

这篇文章在当时上海的一种短期的抗日救亡的日刊上连载过，后来作为附录印在一九三二年出版的中篇小说《海的梦》的后面。以后我编印《控诉》(1937)和《旅途杂记》(1945)时，又把它收在这两本小书里面。这几本书的印数都很少，因此这篇文章的读者并不多。(一九五九年注)

从丹阳载回南京了。是的，我是很安全的，虽然南京方面的朋友曾写信到上海去打听我的下落，上海和各地的朋友又耽心我会葬身在闸北的火窟，但是我终于把这个身体和这个生命保全下来了，并没有受到丝毫的惊恐。

一月二十九日早晨四点钟，我在寒气的包围中进了下关的火车站。天还没有亮，电灯光显得暗淡，一些失望的男女乘客缩着头坐在长凳上等候天明，另一些人集在一处激昂地谈论上海的事。我找不到一个座位，就在各处徘徊一直到七点钟。这三个钟点的时间在我一生里恐怕是最长的了。我有几次竟然疑心我是在做梦，我问自己："这些人在这里究竟干什么呢？我为什么也在这个地方？"

有一次我在一个警察的身边站住了。这是一个身材并不高大的北方人，他带着激动的表情用激昂的声音叙说上海的冲突："在电话机上听得见机关枪的声音，在上海北火车站上正有人在喊救命！”这几句话沉重地进到我的耳里，我的心痛着，我觉得整个的世界都在动摇了。在和平的地方用机关枪屠杀和平的人民，有人在喊救命。无论南京和上海隔了多少远，无论我的眼前现出了怎样和平而凄凉的景象，这个消息也可以使我的血沸腾。憎恨迷了我的眼睛，我在心里发出恶毒的诅咒，在一个短时间内我几乎忘记自己了。但是过了一些时候，冷气打击我，使我渐渐地清醒起来。我偶然埋下头去看我的身子，我看见右手拿的那根朋友送给我的手杖和左手拿的一本书。失望猛然来袭击我的心。我第一次发见了我自己的脆弱。在这个时候书本还有什么用？啊，你读书的人有祸了。

天终于亮了。在晨光熹微中我回到了那个冷清清的旅馆。一路上尽是安闲的景象，我所看见的一切都给我否定刚才的消息。看见缓缓地走着的行人和车辆，听见各处的笑声，我不禁放了心安慰自己道："很安静的，没有什么事，那不过是梦魇。"于是我走进旅馆睡觉了。

下午醒来，到一个朋友那里去。朋友看见我便惊喜地说："原来你回来了！我们正在替你耽心。"我很感激朋友的关心，但是我看见桌上的一张《新民报号外》，我的心又被沉重的石头压紧了。"闸北大火；居民死伤无算。"我固然安全了，但是那许多人呢，那许多住在闸北的人呢？我三年来朝夕看见的人，朝夕经过的地方如今怎样了？这时候，在这大灾祸来临的时候，我还能够为自己的安全庆幸么？

"你的地方恐怕烧掉了，真可惜！不知道还有些什么东西？"朋友惋惜地说。

“不过一些旧书，索性烧掉了也好，我已经被书本累了一生了，”我带笑地回答说。这一次我骗了自己了。那许多书是我十多年来辛辛苦苦地搜集起来的，难道我能够没有一点痛惜的感情么？

“看这情形，上海是没法回去的了，天津恐怕也危险。你还是准备在南京多住几天罢。住旅馆不方便，搬到我这里来住好些。”这是朋友的殷勤的劝告，在平时我很喜欢听这样的话。但是这时候它们却把我的希望杀死了。上海有我的许多朋友，有我的住处，有我喜欢的那些书；那里还有……而且，在日兵用大炮轰击、用机关枪扫射、用炸弹炸毁上海的时候，我无论如何不能够安静地住在南京。我没有回答朋友的话，我只有苦笑。我却在心里说：“如果找不到机会牺牲我的生命的话，我至少也应该回到上海去经历那许多人在这些日子里所经历的痛苦。在南京太安静了，太寂寞了！”

在朋友那里所谈的只有愤激的话和痛苦的话。朋友也是一个有心而无力的人，他的身体比我的坏得多。他患肺病，最近还吐过血。他是需要静养的。[1]我和他多谈话，只有增加他的痛苦。我看见他那没有血色的脸上怎样燃起了愤怒的火。然而他和我一样能够做什么呢？他有一张口、一双手，和我一样；但是我们的口只能够在屋子里叫，我们的手只能够拿笔。总之，我们太软弱了。我不能够安慰他，我也不能够从他那里得到一种力量。我们就这样凄凉地分别了。在和他握手的时候，我甚至疑惑这是否我们最后的一面，我疑惑像我们这样软弱的人是否还有机会继

① 这位朋友就是散文作家缪崇群。

续生存在这个时代里面。

从朋友处出来，天已经黑了，晚风吹着我的脸，我坐在黄包车上，任车夫把我拉过荒凉的街道。我伸起颈项向天空望，我想看见上海的大火，我想听见被屠杀者的挣扎的呼号，我想听见大炮的怒吼。然而天空中只有黑漆漆的一片，周围又是死一般的静寂。于是车子又走进了热闹的马路。是辉煌的灯光，是笑语的人群，是安闲的行人。我用力注视这一切，我想证实这不是假象。我的心似乎得了一瞬间的安慰。然而一个孩子的叫喊又把我的梦惊醒了，这是叫卖晚报的。“看东洋人在上海打败仗！”他大声叫道。他的身边马上聚集了一小群人，于是晚报一张一张地散布出去了。我想买一张来看，可是我的车子已经把卖报小孩抛在后面了。我的脑子里还留着“东洋人在上海打败仗”一句话，而我的车子已经走过一家灯光辉耀的电影院门前了。

不用说，卖报小孩带来的并不是坏消息。对于屠杀人民的日兵的败亡，我是万分欢欣的。然而这个消息同时却给我带来一幅悲惨的图画：烧毁的房屋，残废的尸体，逃难的居民。这样的图画对我来说，并不是新鲜的。我这一生已经见过不少这样的图画了。然而像这一幅侵略者有计划的大屠杀的图画，我却是第一次见到。我的耳朵已经被凄惨的哭声充满了。我的眼睛也不能够分辨周围的景物了。我在一家书店门前下了车，呆呆地在那里站了一会儿。

柜台上放着晚报，几个店员聚在一处埋下头热心地读着。我也把头伸了过去。报上的重要消息都是《新民报号外》上刊载了的，只多了一些日兵暴行的记载。

“这一次非打个死活不可，这是我们唯一的生路了，”一个年轻店员挣红脸说。

“今天十九路军开拔赴前线，经过这里，我们首先放鞭炮欢送。兵士自动地喊起打倒日本帝国主义的口号，这是从来没有过的事，”年纪较大的老板说。

我默默地望着他们。我心里想：如果有一天日本兵到南京来屠杀的时候，这些和平的市民也会跟敌人拼个死活的。这些手看起来似乎软弱，但是有一天它们拿起刀来，也会向屠杀者的头上砍去罢。我虽然是一个反战主义者，但是为自卫、为抵抗强权的战争，我却拥护，而且认为是必要的。

中国人也并不尽是阿Q主义者罢，只要我们能够不顾一切的牺牲、起来为反抗强权而战斗，我们还是有望的，也许比帮助本国军阀去屠杀异国人民、或者在这时候还袖手旁观的日本人更有望罢。——我去找另一个朋友的时候，他对我发表了这样的意见。

二十九日过去了，三十日也过去了。在南京我还没有看出什么大的变化。人们依旧在准备过旧历新年，电影院依旧在开映什么巨片，饭店酒楼里依旧坐满了客人。所不同的是装有无线电收音机的商店的门前，在一定的时间内站满了带着严肃表情的群众，因为中央党部每天要播送两次上海的电讯。《时事新报》分馆的门前也是非常拥挤，在那里贴满了许多新到的“电讯”。我住的旅馆离那个地方很近，我也常常去看“电讯”。它们带来的自然是好消息，但也有坏的，如日军残杀和平市民、焚烧市房之类。当我读到“日兵大败，死伤无算……”这一类句子的时候，我也和那许多的观众一样，差不多要欢叫起来。我并不曾想到那些人也有家人父母，他们的死也会给某一些和平的人带来不幸；我只感到痛快。我是被憎恨迷住眼睛了；憎恨不仅迷住我的眼睛，而且还种了根在我的心里。

找朋友谈话是我在这些日子里的唯一的事情，我们所谈的全是关于上海的事件。朋友中没有一个不主张跟日本帝国主义者作战到底，没有一个不希望日本兵在上海败亡。然而大家都觉得这里离开战地太远了，不能够听见大炮的怒吼，不能够听见兵士的呐喊。在冷静的环境里，热情只有使我们痛苦，我们第一次感觉到隔岸观火的痛苦了。“回上海去！”差不多成了我们几个朋友的口号，这些朋友都是因为种种事情从上海来的，他们被这次事变阻留在南京了。

三十一日的早晨，天落着微雨，我刚刚起床，一个朋友就从中央研究院打电话来叫我到他那里去。我坐车去了，他一见面就告诉我“政府搬家了”。于是从他的口里我知道了本日报纸上的一些重要消息。他又约我同去看另一个朋友，这个朋友新近被选做了国民党的中央委员，我们想从他那里打听那些报纸上不能够发表的消息。然而我们失望了。那个朋友连政府搬家的消息也不知道。他又去把同住的另一个中央委员找来，那个人也是什么都不知道。这时候报纸来了。大家读着报。我读了国民政府迁都的宣言，没有说什么话，心里想：这也许就是在准备“长期抵抗”罢。

我别了那两位中央委员，跟着中央研究院的朋友到他的未婚妻那里去。她已经准备回家了。据说昨夜迁都的消息传出来以后，有人“宣传”日本飞机要来炸毁北极阁的军用无线电台，害得中央大学的女生一夜没有睡，今天早晨就有许多人动身回家了。

我们从那里出来，一路上看见来来往往的搬运行李的车辆。南京人骚动起来了。市民虽然没有发表宣言，实际上也开始在迁居了。到了另一个朋友那里，我们遇见了一位青年政治家，他得意地解释迁都之必要。我笑着回答道："洛阳太近了一点，最好是迁到迪化去，那里军舰开不到，飞机也要飞两天才到得了那里。那里才是安全的地方。"青年政治家没有说什么，他似乎觉得我太过虑了。

我又到患肺病的朋友那里去，房间里已经坐了同住的四五个人，我在他那里耽搁了许久。我们叫人去买《新民报号外》，据说这一天没有号外，因此我们疑心上海方面一定发生了不利的事，或者无线电报也不通了。有人打电话到各处去问消息。后来消息来了：日兵和美国兵在虹口冲突；日军派飞机三十架向长江上游飞来；南京下关原有日本兵舰三艘，中国政府限令在二十四小时内离开，日方不但不答应，反而增加了四艘军舰。这些都不是好的消息。南京似乎马上就要发生惊天动地的巨变。那个送手杖给我的朋友是有家眷的，他显出了焦虑的样子。我安慰他说："不要紧，就是日本飞机来丢炸弹，也未必就会落到这里来，况且南京也还有中国飞机。"这位朋友苦笑道："我是不怕的。"

临去的时候我还向那个患肺病的朋友借了一笔路费，因为我回到上海就是一个无家可归的人了。我本来还想到天津去看我的哥哥，他或许以为我已经葬身火窟。但是"回上海去"四个字无一刻不在我的脑子里盘旋。

这一次别了这几个朋友，心里倒很感伤，我想该不就是诀别罢。在这个混乱的时代中谁能够保证自己会活到明天，况且我又要回到上海的火窟去!

在黄包车上看着周围黑暗模糊的景色，我觉得自己好像是另一个世界里的人，眼前的一切都已经和我不生关系了。我的脑子里只有火花；我的耳边只有炮声。荒凉的街道走完了，我看见了灯光辉煌的马路。我望着，我茫然地望着。忽然，我的眼前什么也没有了，马上就出现了一个黑暗的世界。“电灯熄了，”车夫惊讶地说，于是放慢了脚步，他害怕撞到迎面来的车子。我的车上虽然点得有油灯，可是灯光很暗。车夫在黑暗中摸索着。我在短时间内竟然分辨不出路的方向。偶尔有铃声在我的耳边响起来，我明白有车子在我的身边走过。忽然车子停了。我才知道现在到了鼓楼的一个旅馆。

我有两个从汉口来的朋友住在这个旅馆里。他们本来要到上海去，现在也给阻留在南京了。我在黑暗中摸索了好一会儿，才走到他们的房门口。没有灯光，我想我也许白跑了。但是我叫了一声。男的在里面答应，一面擦了火柴出来。随后他点燃了洋烛，我看见女的还在吃馒头，桌上摊开了一个纸包的冷肉，现在只剩下几片了。这就是他们的惨淡的晚餐。这位朋友告诉我：另一个朋友已经带了家眷到河南去了；还有一个朋友就要搭船到上海去。火车只通到苏州，他曾去下关问过。我想既然有船开到上海，还是搭船回上海去罢，纵使冒一次险也值得。于是我和这两位朋友决定了一块儿到上海去，就由他明天到中国旅行社去打听船期。

因为想知道一些更确实的消息，朋友便约我去看一个在某某部做事的友人。我们辛辛苦苦地从城北坐车到城南，快要到了那个人的寓所时，我的车夫忽然迷失了道路，只有那位朋友才知道我们要去的地方，我一点也不能给车夫帮忙。这时我们在一个泥泞的巷子里，黑暗和寒冷从四面包围过来。我的车夫拼命用他的疲倦的声音喊他的同伴。没有一点应声，也没有人出来问话。我焦急地坐在车上，我只得叫车夫回转去慢慢找寻。后来在十字路口两个车夫碰见了，他们互相抱怨。朋友告诉我，我们拜访的那个友人在一夜的功夫搬走了，只剩下一间空屋子，不知道他一家人搬到了什么地方。这时候电灯突然又放光明，我们心里也轻松了些。

二月一日早晨，汉口的朋友到我的旅馆来。他说刚刚到中国旅行社去问过，说一日、二日都没有轮船开往上海。但是我翻看当天的报纸，上面又明明载着二日有下水船开。我对朋友说，最好是亲身到下关轮船码头去看看。我们约定明天同去。但是朋友却有点迟疑，他说中国旅行社一定知道得更清楚。

过了一会儿，中央研究院的朋友来了。他本来约定昨晚上在一个地方和我见面，然而到那个时候中央大学的电灯突然全灭了，整夜没有亮，他的未婚妻非常害怕，要他留在那里陪伴她，所以他失了约。他现在要送未婚妻回家去，就在京沪线上一个大城市里。他们两个都希望我到那里去暂住几天。他的邀请不消说是十分恳切，但是我谢绝了。这个时候我只想回上海去。他扫兴地走了。临行他还嘱咐我在南京等他，说是两三天内就回来，不过我想一定不会有这样快。

我送走了这两位朋友，便出去看一个城北的友人。他的夫人正在收拾行李。他对我说，打算出去在城南找一家旅馆，搬过去暂住几时。他说昨晚上房东招呼他们在十点钟就熄灯，说是怕有日本飞机来丢炸弹，这一番话把他们夫妇吓坏了，所以他宁愿牺牲预先付了的一个多月的房钱马上搬到城南去。城南究竟安全得多。我又陪着他出去找旅馆。一路上许多载行李的车子在我们的身边跑过。城北的人络绎不绝地往城南搬。旅馆在很短的时间里就住满了客人。我们费了许多功夫，问过了许多家旅馆，才找到了两个房间，房里没有光线，而价钱却不便宜。

我又会见了几个朋友，有两三位好几年不曾见面了，却想不到在这里遇着。我还应该感谢一个在贫儿院做事的年轻朋友，在这几天里他给我帮了不少的忙。后来我对一个消息比较灵通的朋友说起回上海的话，他便告诉我，下水船一定不会开，因为一则过吴淞口会被日本兵舰开炮轰；二则上海租界当局怕界内粮食缺乏会禁止搭客登岸。我并不相信这种话。我说，只要有下水船开，即使冒危险，我也得去试一试，留在南京太没有意思了。

回到旅馆已经是夜间十点多钟了。我接连打许多次电话找人，都没有打通。我很疲倦，便早早地睡了。我刚刚上了床电灯突然灭了。恰恰在这时候一个处在和我同样情形里的朋友进来了。他本来约定在我这里睡，却来得这样迟，我还以为他不来了。这时我便叫茶房给他铺了床。我问他外面有什么消息，他说："不知道。"我就不再说话了。

二日早晨我打电话，依旧打不通。汉口的朋友来了，他告诉我昨晚下关的日本军舰向城内开炮。鼓楼方面落了一个炮弹。许多人一晚没有睡。而我和朝鲜朋友（就是昨晚上睡在这里的那个人）简直不知道。《中央日报》上并没有战事的消息。我们出去，市面上的景象似乎有些不同了。店铺没有开门，行人的脸上带着慌张的颜色。沿途搬行李往南走的黄包车和汽车接连不断。时事新报分馆的门前贴了大张的号外，说昨晚十一时日本军舰向下关和城内开炮，下关的时事新报分馆也中了弹。日本兵竟然在南京开炮了！在国民政府迁走以后，难道还有轰击南京市民的必要么？这个消息使得许多人愤怒。是的，昨晚下关的炮声打破了南京市民的沉默了。我亲耳听见身边的一个市民说："为什么炮台不还炮呢？难道还要坚持不抵抗主义吗？"我默默地看了那个人一眼。这是一张瘦削的脸，微微有几根胡须，衣服穿得并不好，看不出是一个怎样的人。我想如果日本兵真要把上海的惨剧搬到南京来重演的话，即使政府仍然不抵抗，人民也会起来保卫自己跟侵略者拼命的。中国人究竟也是有血有肉有感情的人，并不是任人宰割的猪羊。

汉口的朋友走了。他回去收拾行李，约定我吃过中饭到鼓楼去找他，再同到下关去看船。我又去看一个湖南朋友，他住在我的旅馆的斜对门。他告诉我说，他的夫人昨晚听见炮声吓得哭起来，一夜不敢睡。他详细地向我叙述昨晚的恐怖的情形，这都是我所不知道的。我应该感谢梦，它使我免掉了这些多余的恐怖。他约我一道出去，在夫子庙一个茶楼里吃了作为中饭的点心，同去的一共五个人，谈到上海战争的前途，我和朝鲜朋友热烈地争论起来。这争论使我忘记了周围的一切，忘记了我和汉口朋友的约言，等我回到旅馆退了房间再到鼓楼去会那位朋友时，那里只剩下一个空房间了。朋友并不曾给我留下一张字条。我失望地在这个空房间里站了一会儿。我摸桌上的茶壶，里面还有热茶。我想他们走得不会远。但是我在什么地方去追他们呢？我到账房里问去，据说："某先生已经搬走了，不过等一会儿还要再来。"这答话又使我踌躇了，他们究竟把行李搬到什么地方去了呢？既然搬走了，为什么又会再来呢？我便留了一张字条在房间里，说我到下关去看船，等一会儿再来。

在去下关的平坦的马路上，搬运行李的黄包车和汽车排成了一条长线，简直没有尽头。到下关去的车辆并不多。只有一些装载行李的汽车，大概是比较阔一点的人离开南京了。车夫拖着车子慢慢地走，花了很长的时间才把我拉到了下关火车站。车子经过城门的时候，我看见人们正在堆沙袋，跟我在上月二十五晚上离开上海时在宝山路上看见的情形一样。

火车站里人很拥挤，卖票的洞口挂了"客满"的牌子。我去问一个站丁，据说京沪线的车只开到苏州。我又到江边轮船码头去看，道路泥泞，我走得很慢，一路上尽看见关了门的店铺，也有一两家商店开了门在搬东西。江边很少行人，白茫茫的水面上不见一只轮船。我问一个站岗的警察，他说恐怕没有下水船开，叫我到一个票房去问。但是那个票房已经关了门。我没有办法打听到消息了，只得怀着失望的心回到火车站，然后再搭公共汽车到鼓楼去。

在汽车里挤了好久，我才被挤到鼓楼来了。进了那个小旅馆，我在空房间里发见了先前我留下的字条，并没有人动过它。我又到账房去问，据说："某先生已经搬走，不会再来了。"答话的是同一个人，却说了两样的话，害得我白跑一趟。但是那两个汉口朋友的踪迹就这样地消失了。下关今天没有船开，下关的旅馆里也没有人，他们究竟跑到哪里去了呢?

我坐车到中国旅行社去。在那里人们告诉我今天有下水船开，但是船还没有来，而且什么时候来也不知道，因为现在还没有得到电报。我要先买船票，他们又不肯卖给我。我在三个钟头以后再到那里去，门已经上锁了，外面贴了一张告白说：现在交通情形变化莫测，只得暂时停止办公。这一次我是步行到那里去的，走了很多路，而且肚里又饿。但是我仍然不停地问自己：回上海去的希望果然断绝了么?

我回到旅馆，又到斜对面湖南朋友那里去，在门口遇见他出来说要去借一辆汽车把家眷送到杭州。我吃过晚饭，再去看他。他回来了，据说他跑了许多地方都借不到一辆汽车。在外面租一部车子到杭州租价涨到了五百圆以上，便是搭京杭路的长途汽车，一张票也涨到了几十圆，而且又挤得要命，他身边只剩有五六块钱，所以连逃难也没有地方可逃了。

这一天的晚报上刊载了飞机投弹的防御法。一个朋友来看我，他说，政府准备今晚解决日本军舰，警察向各家店铺吩咐十点钟熄灯，免得日本飞机来投炸弹；他又说五圆钞票已经不用了。后一个消息我也知道，因为我拿了一张五圆钞票，找不到地方换，去买东西说是找不出。

三日是一个阴天，早晨就落起微雨，风刮得厉害，天气突然变得很冷了。我走出去，外面空气很沉闷，没有什么消息。依旧听不见炮的怒吼和人的呐喊。日本飞机并没有来，军舰上的大炮也未见施放。我们太安全了，安全得自己惊扰起来，自己造出谣言来扰乱人心，又借这个来谋利。钞票不容易使用了。

交通工具涨价了：几十块钱租一辆汽车从下关搬运行李进城；几百块钱租一部汽车到杭州，也成了极平常的事；便是人力车夫的索价也涨到了五六圆。有钱的人把交通工具垄断了。贫穷的人只有留在危险的区域里挨炮弹，或者等着做难民，让所谓慈善家来收容。旅馆自然会乘机涨价。只要有机会可以赚钱，谁也不肯放松。

汉口朋友仍然没有消息，他们一定离开南京了。今天我听见人说还有一条路通上海，就是乘火车到苏州，由苏州搭小火轮到嘉兴，再由嘉兴乘沪杭车到上海南站。他们也许就是走这条路到上海罢。不过，沪杭车现在能否开到南站，还是问题。我害怕陷在中途，不愿意走这条路。但是我忽然有了一个想法：坐津浦车到天津去看我的哥哥。我本来打算到天津去，我要找他商量家里的事情，而且我还可以从天津搭海轮到上海。我把这个意见告诉朋友们，他们都不赞成。他们劝我留在南京，说是天津也许比南京更危险，在南京毕竟方便得多。遇到什么事情，还有朋友们照应。他们又说，也许下关江面已经封锁了。然而我还是坚持我的主张，我要到江边去试一试，看究竟有没有渡轮把我载到浦口去。

雨已经住了。我在旅馆门口雇了一辆黄包车。到下关的车价很便宜，因为这时候，只有人从下关搬东西进城来，到下关去的人却很少，凡是可以离开南京的人都已经走了。一路上风很大。我只得把大衣领拉起来，不去看迎面过来的那些搬运行李的车子。下关到了，是一个荒凉的下关，除了车辆和警察而外，还有稀少的行人。先前走过中国旅行社时，我看见那里的告白说，浦口的渡轮照常开驶。我便放心地走了。车夫把我一直拉到江边。我本来打算在津浦小火轮码头停住，忽然走过来一个湖北人，问我是不是要到上海去。我顺口问他今天有没有船开。他说有船，不过靠在江中，他有小划子可以把我摇过去。我问他是什么船，他说是太古公司的“武昌”。

我马上改变了计划：我不到天津了，我回上海去。我和那个湖北人讲好了价钱，便跳上划子。船上还有一个半老的人，两个人划着船，在风浪中前进。这一天风浪很大，船夫一下桨，便激起很高的水花打进船来。有一两次船摆动得很厉害，一个大的波浪打过来，几乎把船淹没。我这一天只有在上午吃了点心，我的空肚皮里这时候起了一阵绞痛。我抬起头望轮船，还隔得很远，不过轮廓已经看得分明。又经过了一些难堪的时候，我们的划子才到了轮船的边上。我把船身的题字望了一下，“大英国。武昌。”我心里更不好受，又羞又气：我现在竟然托庇在帝国主义的屋宇下面了。

轮船上的人不肯放下梯子，我费了大力才跳上去。一个茶房看见我，便说：“什么时候开船没有一定，要等上海的电报来。”我问道：“要是上海的电报来了。船几时开呢？”他回答说：“大概三四点钟。”好，我就在船上等着罢。我便成了这个茶房的主顾了。他把我领进统舱里，租了一个铺位给我。因为我没有行李，他又租了一床又脏又臭的铺盖给我，要我出一圆的代价。

我很疲倦，好像要生病的样子，在船上没有事情，舱外风又大，只好在铺位上躺下来。舱里空气沉闷，没有阳光，只有几盏黯淡的电灯。几个湖北人在谈宋美龄的故事，一个妇人在叙述她的不幸的遭遇。我没有心肠去听他们，我模糊地睡去了。

吃晚饭的时候，那个茶房来把我叫醒。我问他开船不，他说今天开不开没有一定。乘客们已经在抱怨了，大家盼望早点开船，可是上海的电报还没有来。后来有人说，电报已经来了，不过要等“安庆”船开到后开船。总之，今晚是不会开船了。舱里摆好了两桌麻将，一个军队里做事的和一个上海大学生都参加打牌。大家玩得很高兴，不知道怎样发生了争执。我被他们吵得不能睡觉。后来那个照应我的茶房出现了。他对我说他的家在闸北川公路某里某号，家里有一个妻子，不知道她如今逃在什么地方，又不知道房子烧了没有。他耽心这个旧历新年过不好，他说话时露出焦急的样子。但是几分钟以后他的同伴们约他在我的铺位下面掷骰子，他又高兴地在那里叫喊了。

船依旧不开。我没有到外面去。舱外很冷，据说已经落雪了。但是我们还在南京。

四日早晨我到舱外去看，只看见一片白色。下关被雪盖住了；紫色的山横在一边，现在积了雪，白白地在发亮。依旧刮着北风，依旧漫天地飞着雪花。我立在甲板上往四面望去。我几乎认不出来我昨天分别的南京了。“安庆”就停在前面，英国国旗在那里飘扬，“大英国”三个字又一次映入了我的眼帘。

“‘安庆’已经到了，为什么还不开船呢？”一个中年的乘客不能忍耐地抱怨起来。没有人能够回答他的问话。外面很冷，我便回到沉闷、黑暗的舱里去，几个广东人正在跟茶房吵架，他们说船许久不开，他们不能够再等了，要上岸去。茶房却一定要他们付出讲好的铺位钱。这争执不知道怎样解决了，我只听见人的吵闹声。我心里想：今天再不开船，恐怕就没有开船的希望了。我颇后悔不该改变了去天津的计划，不然明天上午就可以到达天津了。现在我却躺在这里白白消耗时间！我又沉沉地睡去了。

十二点钟光景，听说要开船，我起来到舱外去看，仍然没有一点消息。后来账房出现了，他回答一个人的问话道："现在就要开船，直放上海。"他开了账房门进去了。他的话使得舱里起了快活的骚动。几个茶房在叫："要开船了！"一些客人惊喜地互相询问。我走进舱里又走出来。船依旧没有动，也没有人来起锚。几个茶房在那里谈论，为那个上岸去买小菜的厨子担心。一个说："要等厨房回来才开船。"另一个翘起大拇指说："你想，外国人会等中国人吗？"这时候正有一只划子向着轮船摇过来。茶房们欣喜地说："买小菜的回来了。”等到划子近了，他们才发见“原来是几个客人”，就是起先闹着要上岸的广东人。

我回到舱里睡了。茶房来把我叫醒，要了一圆七角钱去买船票。但是一刻钟以后又有人来把船票收去了。这时是两点半钟，船已经开了。舱里充满着希望。麻将牌又响起来了。茶房在谈论怎样到上海去过年。他们又在我的铺位下面推“牌九”了。

沉闷的空气，黯淡的灯光，不和谐的闹声，呆板的、狡猾的面孔，失眠的夜……时间是这样地长！

我过了一个焦急的夜晚，轮流受到希望和疑惧的折磨。第二天早晨我非常疲倦，躺在铺位上不想起来，一直睡到吃中饭的时候。听见有人大声说：“到吴淞口了！”我才走出舱去。

轮船缓缓地前进，岸上有树木、有房屋，有几只狗在跑，也有一两个行人，似乎并没有战争的气象。看了这些，我几乎不相信上海的灾祸了。我安静地在甲板上散步。我沉溺在思索里。

“看，那边的房屋打得一塌糊涂！”一个茶房大声叫。我跑过去看。许多人的头遮住了我的视线。但是我也能够看出被弹毁、被火烧的房屋的废墟。船不停地往前面走，而且在转弯。

“看，飞机！”几个人齐声叫起来。我也抬起了头，在天边现出了一些黑影，好像是老鹰在飞翔。一只，两只，三只，在炮台的上空盘旋，因为这时候我们已经看见炮台了。“一共有九只飞机，”有人断定地说。“六只，”另一个说。我却只看见了三只。我抬起眼睛在天空中搜寻，居然在一个角里又发现了三只。它们接连地飞翔，和先前的三只隔得并不远。我忽然听见了响声，三只飞机正从后面飞过来，渐渐地飞到了我们的头上，飞得很低，使我们看得清楚两只翅膀下面画的红太阳。先前还有人疑心是中国的飞机，现在谁都在说“东洋飞机”了。这三只飞机一直在我们的头上盘旋，好像要侦察这只轮船似的。一个人无意地说：“东洋飞机要来丢炸弹了。”舱面上马上起了小小的骚动。有些人跑进舱里去了。一个茶房镇静地说：“不会的，船上插得有大英国旗。这是大英轮船，东洋人不敢丢炸弹。”他的话生了效，大家都站住了。不久三只飞机也飞到后面去不见了，只剩下隐约的机声。我再看那边，还有三只飞机在炮台的上空盘旋。

这三只飞机渐渐地向后面飞去，似乎要离开了。但是过了一会儿它们又飞回到原处。

我正走进舱里去拿东西，忽然听见外面在叫“丢炸弹！”我连忙跑出去，看见岸边的水溅起来有一丈高，好像鲸鱼在喷水。水花落下去了，水面平静了。前面的一只飞机上又落下来一粒黑点，我的眼睛几乎迷失了它。但是我觉得有一个东西落到了水面上，水花又向上面溅起来。接着后面的一只飞机又掷了一个炸弹，这一次炸弹落在沙滩上，把沙石向上抛起来。飞机马上就往后退了，好像要逃走似的，可是炮台方面并没有开炮。

我们以为飞机不会再来了，谁知几分钟以后又看见它们飞到了炮台的上空。它们接连地掷了三个炸弹，两个落在水里，只有一个落在树丛掩盖的房屋上，把断枝碎瓦炸得在空中飞。它们还不肯走，还在那里盘旋。于是炮台开炮了。轰的一声巨响进了我们的耳朵，只有这一声。三只飞机很快地转换了方向逃走了，飞得很快，好像有什么东西在后面追赶似的。在短时间以后天空中再也看不到飞机的踪迹了。

我忽然埋下头看水面，我才惊奇地发现船已经停了。我问茶房，说是因为轮船拖带了一只小船，要等到公司派小火轮来把小船拖去，轮船才可以进口。问小火轮什么时候会来，回答说没有一定。茶房是这样说，他的话是否可信，谁也不知道。事实是船不走了。它拖带的小船安静地靠在大船的旁边，上面有人在吃饭。这一天来不为人注意的小船，这时候却成了抱怨的目标，众人都叹气说被小船害了。

又过了一个钟头还不见开船。我想难道是日本兵舰不许商船进吴淞口么？但是我们只看见两只英国军舰停在那里。吴淞口外很安静，没有谁开炮。一只中国的商船从后面驶来，经过我们的身边向前面走了。这是招商局的“江安”。中国船既然还可以进口，那么决不会有日本兵舰封锁吴淞口的事情了。但是我们这只船又为什么不进口呢？真的是等小火轮么？

等了好一会儿，还不见起锚。我失望地走回舱里，我想今天多半不能上岸了。我倒在铺上，把那幅又脏又臭的铺盖拉来盖住头。我怕见那阴暗的电灯光，我怕听那些抱怨的话，我已经把一切的希望抛弃了。不知道在什么时候，一个茶房从外面进来大声叫：“马上就要开船了。”有人问：“小火轮来了么？”回答说：“小火轮没有来，是大餐间的外国客人等得不耐烦了，逼着船主开船。”一个下江人接口说：“外国人真是刮刮叫。”我苦笑着。大餐间楼梯上八个字的告白又在我的脑子里现出来：“洋人在上，闲人止步。”我对自己说：这一次“闲人”又沾了“洋人”的光了。

船进了吴淞口，没有遇到一点阻碍，而且依旧走得很快，似乎要补偿先前浪费掉的时间。走在中途，小火轮就来了，把小船拖了去。小火轮上面的人从上海带来了一个消息：北四川路已经烧光了。许多人惊恐地叹息说：“上海滩真个要变成地狱了。这个新年怎样过？”北四川路烧光，租界上拥挤着十五六万失业的人，闸北的居民一部分还陷身在火窟里，这时候还耽心着新年过不好！放心罢：租界上很安全，在外国旗下面舒服地过新年的人多着呢！

船渐渐地走得慢了。江面并不很宽，两旁的建筑物看得很清楚。那都是外国公司的工厂和堆栈，以及别的建筑物，上面有各种国旗在飘扬。我看见了几只日本兵舰，有几个中国人在搬运东西上船。英、美、意三国的军舰都看见了。美国的小军舰最多，每一处停着三艘，很有好几处，上面写着号码。号数是二百零几到二百三十。船上的茶房热心地找寻英国军舰，看见了，便指着它得意地说：“这是大英兵船！”

船在慢慢地转弯。现在我看见上海了。许多高楼大厦耸立在那里，安然无恙。外白渡桥上行人拥挤；外滩马路上载行李的车辆往来不绝。我站在甲板上，我仰起头向天望。北面的天空被黑烟遮住了。这黑烟不住地向南扩张，一层盖上一层，快要遮蔽了整个的天空。炮声隆隆地怒吼，中间夹杂着机关枪密放的声音。许多人发出了惊恐的叫喊。一个女人的尖锐的声音说：“天呀，怎么得了？”我冷静地看着黑烟的蔓延。我咬紧我的嘴唇，不让它们发出声音。我觉得我的血已经冷了，冷得结冰了。漫天的黑烟！上海真正成了一个大火窟。烧罢，让它痛快地烧罢。让它烧热我的血，烧热我的血来洒到那些屠杀者、侵略者的脸上。我不再为我的被烧毁的书本痛惜了；我也不再为那些被屠杀的人民和被烧毁的房屋痛惜了。我只听见大炮的怒吼和机关枪的密放。我只看见火势的蔓延。我知道一个大的变动快要来了。烧罢，你屠杀者，像尼罗王那样把整个上海当作罗马城来烧罢；杀罢，你屠杀者，像尼罗王那样把中国人民当作初期的基督徒来杀罢。历史上没有一次的血是白白流了的。我们的血会淹没了你。我们的血会给我们带来解放。为了求得自由，没有一个人害怕流血！没有一个人害怕战争！

轮船停在浦东的码头。我不等船靠定，就跟着三个水手离开船，又和他们一起上了小划子，很快地我们就在外滩太古码头上岸了。

一辆电车在我的面前驶过。我默默地站在坚实的土地上，我用力抖动我的身子，我要证实我不是在做梦。我如今确实回到上海来了，回到上海来看中国人的血怎样地流；看屠杀者的刀是怎样地锋利；看我们的房屋怎样被烧毁；看我们的弟兄怎样地被杀害！

“这时候你跑回上海来干什么？”一个朋友和我见了面就关心地这样问道。我苦笑着。我淡淡地回答道：“不是打算在必要时交出自己的生命，就是准备做一个难民，等候慈善家来收容。”我再没有第三句话了。

1932年2月10日在上海写完。

附　录

关于《火》*

《火》一共三部，全是失败之作。一九三八年上半年我在广州开始写《火》的第一部第一章，第二年九月在昆明完成第一部；一九四一年三月到五月第二部在重庆写成；第三部则是在桂林于一九四三年五

* 本篇最初发表于一九八〇年二月二十四日香港《文汇报》。

月动笔、九月脱稿。作品写得不能叫自己满意，也不能叫读者满意，失败的原因很多，其中之一就是考虑得不深，只看到生活的表面，而且写我自己并不熟悉的生活。我动笔时就知道我的笔下不会生产出完美的艺术品。我想写的也只是打击敌人的东西，也只是向群众宣传的东西，换句话说，也就是为当时斗争服务的东西。我在一九三一年“九·一八”事变后在《小说月报》上发表的诗和散文，在一九三七年“八·一三”事变后写的散文和诗都是这一类的东西，除了在这两个时期外，我再也写不出诗来。仅有的那几首诗我还保留在《文集》里，正如我不曾抽去《火》那样。《火》是为了唤起读者抗战的热情而写的，《火》是为了倾吐我的爱憎而写的。这三部有连续性的小说不是在一个时期写成，在不同时期我的思想也在变化。

在一九三七年下半年和一九三八年上半年，我的感情强烈，也单纯，我的憎恨集中在侵略我国的敌人身上，在上海我望见闸北一带的大火，我看见租界铁门外挨饿的南市难民，我写了几篇短文记下当时的见闻和感受，我后来写《火》就用它们写成一些章节。《火》第一部描写“八·一三”上海战争爆发以后到上海成为孤岛的这段时期，写了短短两三个月中的一些事情，而且只是写侧面，只是写几个小人物的活动。

一九三七年上海沦为孤岛后，我还留在那里继续写我在前一年开了头的长篇小说《春》。写完了《春》，第二年三月我和友人靳以就经香港去广州。一九三六年靳以在上海创办《文季月刊》，我为这刊物写了连载小说《春》。他在广州筹备《文丛》的复刊，我答应他再写一部连载小说。这次我写了《火》。《文丛》是半月刊，我每隔半月写一章，刊物顺利地出了三期，就因为敌机连续的大轰炸而中断了。靳以去四川，我也到汉口旅行。我从汉口回广州，又续写了小说的第四章，但是不久，日军就在大亚湾登陆，进攻广州，而且进展很快，最后我和萧珊（她是七月下旬从上海到广州的）靠朋友帮忙，雇了木船在当地报纸上一片“我军大胜”声中狼狈逃离广州。到了桂林，我又续写了两章《火》，续印了两期《文丛》。一九三九年初我同萧珊就经过金华、温州回到上海。在上海我写完了我的最长的小说《秋》，萧珊已在昆明上了一年的大学。本来我想在上海把《火》第一部写出来，可是那个时期在上海租界里敌伪的魔爪正在四处伸展，外面流传着各种谣言，其中之一就是日军要进租界进行大搜查，形势越来越紧张，有一个晚上我几次接到朋友们警告的电话（他们大都在报馆工作），不得不连夜烧掉一些信件和报刊，看来我也难在租界再待下去；何况法国战败投降，日军乘机向法国殖民当局施加压力，一定要挤进印度支那，滇越路的中断是旦夕的事。我不能错过时机，不能延期动身，只好带着刚写成的《火》的残稿离开孤岛，在驶向南方的海轮上，我还暗暗地吟诵诗人海涅的《夜思》中的诗句："祖国永不会灭亡。"不久我在昆明续写《火》，贯串着全书的思想就是海涅的这个名句。

我在广州写《火》的时候，并未想到要写三部。只是由于第一部仓卒结束，未尽言又未尽意，我才打算续写第二部，后来又写了第三部。写完第一部时，我说："还有第二部和第三部，一写刘波在上海做秘密工作，一写文淑和素贞在内地的遭遇。"但是写出来的作品和当初的打算不同，我放弃了刘波，因为我不了解“秘密工作”，我甚至用“波遇害”这样一个电报结束了那个年轻人的生命，把两部小说的篇幅全留给冯文淑。她一个人将三部小说连在一起。冯文淑也就是萧珊。第一部里的冯文淑是“八·一三”战争爆发后的萧珊。参加青年救亡团和到伤兵医院当护士都是萧珊的事情，她当时写过一篇《在伤兵医院中》，用“慧珠”的笔名发表在茅盾同志编辑的《烽火》周刊上，我根据她的文章写了小说的第二章。这是她的亲身经历，她那时不过是一个高中学生，参加了一些抗战救国的活动。倘使不是因为我留在上海，她可能像冯文淑那样在中国军队撤出以后参加战地服务团去了前方。我一个朋友的小姨原先在开明书店当练习生，后来就参加战地服务团去到前方，再后又到延安。

要是萧珊不曾读我的小说，同我通信，要是她不喜欢我，就不会留在上海，那么她也会走这一条路。她的同学中也有人这样去了延安。一九三八年九月我在汉口一家饭馆吃饭，遇见一位姓胡的四川女同志，她曾经带着战地服务团在上海附近的战场上活动过，那天她也和她那十几二十个穿军装的团员在一起，她们都是像冯文淑那样的姑娘。看到那些活泼、勇敢的少女，我不由得想：要是有材料，也可以写冯文淑在战地服务团的活动。我写《火》第一部时手边并没有这样的材料，因此关于冯文淑就只写到她参加服务团坐卡车在“满天的火光”中离开上海。一九四一年初在重庆和几个朋友住在沙坪坝，其中一位一九三八年参加过战地工作团，在当时的“第五战区”做过宣传工作，我们经常一起散步或者坐茶馆。在那些时候他常常谈他在工作团的一些情况，我渐渐地熟悉了一些人和事，于是起了写《火》的第二部的念头：冯文淑可以在战地工作团活动了。

《火》第二部就只写这件事情，用的全是那位朋友提供的材料。我仍然住在书店的楼上，不过在附近租了一间空屋子。屋子不在正街上，比较清静，地方不大，里面只放一张白木小桌和一把白木椅子。我每天上午下午都去，关上门，没有人来打扰，一天大约写五六个小时，从三月底写到五月下旬，我写完小说，重庆的雾季也就结束了。在写作的时候我常常找那位朋友，问一些生活的细节，他随时满足了我。但是根据第二手的材料，写我所不熟悉的生活，即使主人公是我熟悉的朋友，甚至是我的未婚妻，我也写不好，因为环境对我陌生，主人公接触的一些人我也不熟悉，编造出来，当然四不像。我不能保证我写出来的人和事是真实的或者接近真实，因此作品不能感动人。但其中也有一点真实，那就是主人公和多数人物的感情，抗日救国的爱国热情，因为这个我才把小说编入我的《文集》。我的《文集》里有不少“失败之作”，也有很多错误的话，或者把想象当作现实，或者把黑看成紫，那是出于无知，但是我并不曾照我们四川人的说法“睁起眼睛说谎”。当然我也有大言不惭地说假话的时候，那就是十年浩劫的时期，给逼着写了那么多的“思想汇报”和“检查交代”！那十年中间我不知想了多少次：我要是能够写些作品，能够写我熟悉的人物和生活，哪怕是一两部“失败之作”，那也有多好！在我写《火》的时候哪里想得到这样的事情呢！

我能够一口气写完《火》第二部，也应

当感谢重庆的雾季。雾季一过，敌机就来骚扰。我离开重庆不久，便开始了所谓“疲劳轰炸”。我虽然夸口说：“身经百炸”，却没有尝过这种滋味。后来听人谈起，才知道在那一段时期，敌机全天往来不停，每次来的飞机少，偶尔投两颗炸弹，晚上也来，总之，不让人休息。重庆的居民的确因此十分狼狈，但也不曾产生什么严重的后果，不过个把星期吧，“疲劳轰炸”也就结束了。然而轰炸仍在进行，我在昆明过雨季的时候，我的故乡成都在七月下旬发生了一次血淋淋的大轰炸，有一个我认识的人惨死在公园里。第二年我二次回成都，知道了一些详情。我的印象太深了！一九四三年我在桂林写《火》的第三部，就用轰炸的梦开头：冯文淑在昆明重温她在桂林的噩梦，也就是我在回忆一九三八年我和萧珊在桂林的经历。

今天我在上海住处的书房里写这篇回忆，我写得很慢，首先我的手不灵活了（不是由于天冷）。已经过了四十年，我几次觉得我又回到了四十年前的一个场面：我和萧珊，还有两三个朋友，我们躲在树林里仰望天空。可怕的机声越来越近，蓝色天幕上出现了银白色的敌机，真像银燕一样，三架一组，三组一队。九架过去了，又是九架，再是九架，它们去轰炸昆明。尽管我们当时是在呈贡县，树林里又比较安全，但是轰炸机前进的声音像锄头一样敲打我的脑子。这声音，这景象那些年常常折磨我，我好几次写下我“在轰炸中过的日子”，后来又写了小说《还魂草》，仍然无法去掉我心上的重压，最后我写了冯文淑的噩梦。我写了中学生田世清的死亡，冯文淑看见“光秃的短枝上挂了一小片带皮的干肉”。写出了我的积愤，我的控诉，我感觉到心上的石头变轻了。作家也有为自己写作的时候。即使写冯文淑，我也可以把我对大轰炸的感受和见闻写进去。就是在江青说话等于圣旨的时期，我也不相信大观园全是虚构，《红楼梦》里面就没有曹雪芹自己，没有他的亲戚朋友。

在我的小说里到处都找得到我的朋友亲戚，到处都有我自己，连《寒夜》里患肺结核死去的小职员汪文宣的身上也有我的东西。我的人物大都是从熟人身上借来的，常常东拼西凑，生活里的东西多些，拼凑的痕迹就少些，人物也比较像活人。我写冯文淑时借用了萧珊的性格，在第一部《火》里，冯文淑做的事大都是萧珊做过的，她当时还是一个高中生。她在上海爱国女校毕了业才在暑假里去广州，中间同我一起到过武汉，后来敌军侵占广州，她回不了上海，我们只好包一只木船沿西江逃往广西，同行还有我的兄弟和两个朋友，再加上林憾庐和他的《宇宙风》社同人。我们十个人是在敌军入城前十多个小时离开广州的。关于这次“远征”，我在小说中没有描写，却详细地记录在《旅途通讯》里面。这两本小书正如我一位老朋友所说“算什么文章！”，可是它们忠实地记录了当时的一些社会情况，也保留了我们爱情生活中的一段经历，没有虚假，没有修饰，也没有诗意，那个时期我们就是那样生活，那样旅行。我们都是平凡的人，也生活在平凡的人民中间。我的《通讯》写到“桂林的受难”为止。后来我和萧珊又坐火车到金华转温州，搭轮船回上海。在温州我们参观了江心寺，对文天祥的事迹印象很深，我有很多感慨。我在任何时候都是一个爱国者。我后来在《火》第二部初版后记中就写过这样的话："我仍然是一个中国人，我的血管里有的也是中国人的血。有时候我不免要站在中国人的立场上看事情、发议论。"这段话其实就是三部《火》的简要的说明。我编《文集》时删去了它，觉得这说明是多余的。但是我那一颗爱祖国、爱人民的心还是像年轻时候那样地强烈，今天仍然是如此。我过去所有的作品里都有从这颗心滴出来的血。现在我可以说，这颗心就是打开我的全部作品的钥匙。

我们从温州搭船平安地回到上海，过了三四个月，萧珊就去昆明上大学。以后她到过桂林、贵阳、重庆和成都。她不可能有冯文淑在《火》第二部中的经历，我当时只是设想她在那样的环境该怎么办，我就照我想得到的写了出来。萧珊是一个普通人，冯文淑也是。在这三本小说里我就只写了一些普通人，甚至第一部中视死如归的朝鲜革命者和第三部中同敌人进行秘密斗争或被捕或遇害的刘波、朱素贞们也都是普通人，他们在特殊的环境里会做出特殊的事情。总之，没有一个英雄人物，书中却有不少的爱国者。《火》并没有写到抗战的胜利。但是我相信对这胜利贡献最大的是人民，也就是无数的普通人。作为读者，作为作者，我有几十年的经验，一直是普通人正直、善良的品德鼓舞我前进。普通人身上有许多发光的东西。我在朝鲜战场上见到的“英雄”也就是一些普通的年轻人。一九三五年我在日本东京非常想念祖国，感情激动、坐卧不安的时候，我翻译了屠格涅夫的散文诗《俄罗斯语言》。他讲“俄罗斯语言”，我想的是“中国话”，散文诗的最后一句：“这样的语言不是产生在一个伟大的民族中间，这绝不能叫人相信。”

我写《火》的时候，常常背诵这首诗，它是我当时“唯一的依靠和支持”。我一直想着我们伟大而善良的人民。

在《火》第三部里我让冯文淑来到了昆明。不像在大别山，萧珊未到过，我也很陌生，昆明是我比较熟悉的地方，她更熟悉了。先生坡、翠湖、大观楼……都写进去了。我是在一九四三年的桂林写一九四一年的昆明。我的信念没有改变，但是我冷静些了。我在小说里写了一些古怪的社会现象，当然我看到的多，感受到的多，写下来的还比较少。冯文淑离开上海将近四年，在昆明出现并不显得成熟多少，其实我写的只是我在一九四一年七、八月看见的昆明，到四三年情况又有变化了。我记得清楚的是知识分子的地位低下和处境困难。当时最得意的人除了大官，就是囤积居奇、做黑白生意的（黑的是鸦片，白的是大米），此外还有到香港，到仰光跑单帮做买卖的各种发国难财的暴发户。那个社会里一方面是严肃工作，一方面是荒淫无耻。在国统区到处都是这样。我在小说里只写了几个普通的小人物，他们就是在这种空气中生活的。冯文淑在昆明，同她过去的好朋友朱素贞住在一起。萧珊在昆明，从宿舍搬出来以后就和她的好友、她的同学一起生活。那个姓王的女同学是我一位老友的妻子，相貌生得端正，年纪比萧珊大一点，诚实，朴素，大方，讲话不多，是个很好的姑娘。她是我那位朋友自己挑选的，但不知怎样，我的朋友又爱上了别人，要把她推开，她却不肯轻易放手。我那朋友当时在国外，他去欧洲前同我谈过这件事情。我批评他，同他争论过，我看不惯那种单凭个人兴趣、爱好或者冲动，见一个爱一个，爱一个换一个的办法，我劝他多多想到自己的责任，应该知道怎样控制感情，等等等等。我谈得多，我想说服他，没有用！但是他也不是一个玩弄女性的人，他无权无势，既然没有理由跟妻子离婚，新的恋爱也就吹了。萧珊的女同学后来终于给了我的朋友以自由。但是那位朋友在恋爱的道路上吃了不少的苦头，离婚——结婚，结婚——离婚，白白消耗了他的精力和才华，几乎弄到身败名裂，现在才得到了安静的幸福，这是后话。我两次在昆明的时候，经常见到萧珊的好友，我同情她的不幸，我尊敬她的为人。我写《火》第三部中的朱素贞时，脑子里常常现出她的面影。她后来结了婚，入了党，解放后当过一个单位的领导干部。“文革”期间有人来找萧珊“外调”她在昆明时期的一些情况，萧珊死后又有人来找我外调，说是要给她恢复工作。六、七年没有消息了。我祝她安好。

在朱素贞的身上还有另一个人的感情，那是萧珊的同乡，她的中学时期的朋友，一位善良、纯洁的姑娘。我在广州开始写朱素贞的时候，萧珊还在上海念书，没有见到我朋友的妻子，我那朋友当时可能也还没有开始新的追求。其实不仅是上面提到的两个人，我在那几年中间遇见的，给了我好的印象的年轻女人在朱素贞的身上都留下了痕迹。但朱素贞并不是“三突出”的英雄。她始终是一个普通人。在最初几版的小说（《火》第三部）中朱素贞在昆明西南联合大学念书，忽然接到陌生人从香港寄来的信告诉她：她那分别四年的未婚夫刘波在上海“被敌伪绑架”，关在特务机关里。她决定回上海去营救他。她动身前又接到一封香港发来的电报：

“波遇害，望节哀。”她决心去替他报仇。她走后大约七个月冯文淑收到从上海寄来的一份剪报，上面有一则消息报道大汉奸特务丁默村遇刺受伤，他的女友朱曼丽是幕后主使人，供认不讳，已被枪决。“这个朱曼丽似乎就是素贞，不过文淑不愿意相信。”我这样写，就是暗示朱曼丽和朱素贞是一个人。在当时的确发生过这样一件事：有一个年轻女人刺杀丁默村未遂遭害。我记得有位朋友写过一篇文章，另一个朋友认识这位女士，对我谈过她，他也讲不出别的原因，大概是一位爱国志士吧。这样的人很难令人忘记，我就让她也留下一点痕迹在朱素贞的身上。在一九三八年春节前后，敌人和汉奸暗杀上海爱国人士，甚至悬头示众这样的事发生过好几起，后来在孤岛也几次出现爱国者惩罚汉奸的大快人心的壮举。我用在上海的朝鲜革命者惩罚朝奸的事实结束了《火》的第一部，又用朱素贞谋刺丁默村的消息作为《火》第三部的《尾声》，也就是全书的结局。当时我是这样想的：用那个年轻女人的英勇牺牲说明中国人民抗战到底、争取胜利的决心。但是一九六〇年我编辑、校改《文集》的时候，改写了这个结尾，正如我在《后记》的注解中所说："我让冯文淑离开了昆明，让刘波和朱素贞都活起来，让人们想到这几个朋友将来还有机会在前方见面。"我加上素贞从香港写给文淑的一封信，说明她在上海同朋友们一起营救刘波出狱后结了婚，又陪着"遍体伤痕"的丈夫到香港休养，准备等刘波病好就一同到前线工作。她在信里解释这所谓前线就是"如今一般人朝夕向往的那个圣地"，就是说延安。文淑在覆信中也说："三四天后就要动身到前方去"，也就是到

“那个‘圣地’去”。国外有些读者和评论家对我这种改法不满意，说我“迎合潮流”，背叛了过去。我不同意他们的说法。几十年来我不断地修改自己的作品，因为我的思想不断地在变化，有时变化小，有时变化大。我不能说我就没有把作品改坏的时候，但是我觉得《火》第三部的结尾改得并不坏，改得合情合理。当时人们唯一的希望就在那里，这是事实。只有这样地结束我的所谓《抗战三部曲》（尽管我写的只是一些侧面），才符合历史的真实。当然我在《后记》的脚注中也说：“这个小小的改动并不能弥补我这本小说中存在的大缺点。”这是真心话，不过我仍然要重复我说过的那句话：作品不是学生的考卷，交出去就不能改动。按照“四人帮”的逻辑，一个人生下来就坏，一直坏到死，或者从诞生到死亡，这个人无事不好。所以那个时期孩子们在银幕上甚至在生活中看见一个陌生人，就要发问：好人？坏人？不用说，文淑和素贞都是好人吧。

第三部中另外一个主人公田惠世也是好人。这是我一个老朋友，我把这个基督徒写进我的小说，只是由于一桩意外的事情：他的病故。他大概是患肺炎去世的。他自己懂一些医理，起初自己开方吃药，病重了才找医生，不多久就逝世了。当时他的夫人带着孩子来到他的身边，就住在我的隔壁。看见这位和我一起共过患难的年长朋友在我眼前死去，我感到悲伤。参加了朋友葬礼后两个多月，我开始写《火》的第三部，就把他写了进去，而且让他占了那么多的篇幅。我在一九六〇年一月修改小说的《尾声》时，曾经写道："我们之间有深厚的感情。这感情损害了我的写作计划。……我设身处地替他想得太多了。”我在小说里借用了那位亡友的一部份的生活、思想和性格，我想写一个宗教者和一个非宗教者的思想和情感的交流，可是没有成功。我的思想混乱，我本来想驳倒亡友的说教（他是个虔诚的基督徒，每顿饭前都要暗暗祈祷，我发觉了常常暗笑），可是辩论中我迁就了他，我的人道主义思想同他的合流了。我不想替自己辩护，我的旧作中人道主义和爱国主义差不多占同样的地位。在这一点上萧珊也有些像我。所以小说里年轻姑娘冯文淑同老基督徒田惠世作了朋友，冯文淑甚至答应看《北辰》的校样，暂时到北辰社帮忙。《北辰》是田惠世的刊物。刊物的真名就是前面提到过的《宇宙风》，它是林语堂创办的。林语堂后来带了全家人移居美国，把他哥哥从福建请到上海代管他的事业。他的哥哥原是教师兼医生，在上海参加了《宇宙风》的编辑工作，名叫林憾庐。《宇宙风》本来还有一个合作者，后来在香港退出了。林憾庐在上海和香港都编印过这个散文刊物，一九四二年他第二次到桂林又在那里将它复刊。我一九四〇年在上海，一九四二年在桂林都为《宇宙风》写过散文和旅途杂记。一九三九年萧珊也在这个刊物上用“程慧”的笔名发表了几篇散文。她第一次拿到稿费，便买了一只立灯送给母亲，她高兴地说这是用自己的劳动换来的钱买的。她初到昆明，还写了一篇旅途通讯，叙述经海防去内地沿途的情况，也刊在《宇宙风》上。一年后我踏着她的脚迹到昆明，虽然形势改变，但我的印象和她的相差不远，我就没有写什么了。

我和林憾庐相处很好，我们最初见面是在泉州关帝庙黎明高中，那一天他送他的大儿子来上学，虽然谈得不多，但我了解他是个正直、善良的人，而且立志改革社会，这是一九三〇年的事。以后我和他同在轰炸中过日子、同在敌人迫害的阴影下写文章、做编辑工作，产生了深厚的感情。他办的刊物，质量不高，但在当时销路不算少，他是一个忠诚的爱国者。我至今还怀念他。他很崇拜他的兄弟，听他谈起来林语堂对他并不太好，他却很感激他这个远在海外的有名的兄弟。可能是他逝世一年以后吧，林语堂一个人回国了，到桂林东江路福隆园来看他的嫂嫂。我在林太太房里遇见他，他在美国出版了好几本小说，很有一种名人的派头。话不投机，交谈了几句，我就无话可说。以后我也没有再看见他。靳以夫妇从福建南平回重庆复旦大学，经过桂林住了几天，我送他们上火车，在月台上遇见憾庐的孩子，他们跟去重庆的叔父告别，我没有理他。后来林语堂离开重庆返美时在《大公报》上发表了告别中国的诗，我记得是两首或者三首七律，第一首的最后两句是“试看来日平寇后，何人出卖旧家园”。意思很明显。有个熟人在桂林的报上发表了一首和诗，最后两句是：“吾国吾民俱卖尽，何须出卖旧家园”。《吾国吾民》是林语堂在美国出版的头一本“畅销书”，是迎合美国读者口味的著作。憾庐曾经对我谈起该书在美国出版的经过，他引以为荣，而我却同意和诗作者的看法，是引以为辱的。

小说中另一个好人洪大文并不是真实的人物，我只借用了一个朋友的外形和他在连云港对日军作战负伤的事实。他年轻时候进了冯玉祥办的军官学校，当过军官，又给派到苏联留过学，一九二六年回国后经过上海，我们见过一面，他回到部队里去了，我也就忘记了他。

一九四三年我在桂林忽然接到他的信，是寄到书店转给我的。信上说他到桂林治病，定居下来，要我去看他。我到了他的住处，当时人们住得比较宽敞，他躺在床上，有时拄着双木拐起来活动活动。人变了，湖南口音未变。他告诉我他离开过部队，后来又到税警团（宋子文的税警团吧）当团长，在连云港抗拒日军，战败负伤。小说中洪大文讲的战斗情况就是我那位朋友告诉我的，他还借给我一本他们部队编写的《连云港战史》。小说第八章中洪大文的谈话有些地方便是从所谓《战史》稿本中摘抄来的。一九四四年五月初我和萧珊到贵阳旅行结婚，后来就没有能回桂林，湘桂大撤退后我也不知道他转移到哪里。一九四六年尾或者一九四七年初我在上海，他拄着双拐来找我，说是在江苏某地荣军教养院作院长，还是像一九二六年那样高谈阔论。他约我出去到南京路一家菜馆里吃了一顿饭，就永远分别了。他坐上三轮车消失在街角以后，我忽然想起了洪大文，洪大文不像他，洪大文比他简单得多。

最后我想谈几句关于朝鲜人的事，因为《火》第一部中讲到朝鲜革命者的活动，而且小说以朝鲜志士的英勇战斗和自我牺牲作为结束。我在这之前（一九三六年）还写过短篇小说《发的故事》，也是怀念朝鲜朋友的作品。我小的时候就听见人讲朝鲜人的事情，谈他们的苦难和斗争，安重根刺杀伊藤博文的事迹给我留下很深的印象，他是我少年时期崇拜的一位英雄。我第一次接触朝鲜人，是在一九二一年或者二二年。我在三十年代写的回忆文章里就讲过，“五四”以后我参加成都的《半月》杂志社，在刊物上发表过三篇东西，都是从别人书中抄来的材料和辞句，其中一篇是介绍世界语的，而我自己当时却没有学过世界语。不久就有人拿着这本杂志来找我，他学过世界语，要同我商量怎样推广世界语，他在高等师范念书，姓高，说是朝鲜人。我便请他教我世界语，但也只学了几次就停了，推广的工作也不曾开展过。我和高先生接触不多，但是我感觉到朝鲜人和我们不同，我们那一套人情世故，我们那一套待人处世的礼貌和习惯他们不喜欢，他们老实、认真、坦率而且自尊心强。这只是我一点肤浅的印象。

出川以后，一九二五年我在南京东南大学附属高中毕了业，带着文凭到北京报考北京大学，检查体格时发现我有肺病，虽然不厉害，我却心灰意冷，不进考场。还有一个原因就是我对数理化等课无把握，害怕考不好。我就这样放弃了学业，决定回到南方治病。我在北京呆了半个多月，我记得离京的前夕遇上北海公园的首次开放，在漪澜堂前度过了一个宁静的夜晚。我当时住在北河沿同兴公寓，房客不多，院子里有一棵大槐树。我住在这里，还是一个编报纸副刊的姓沈的朋友介绍的。他是朝鲜人，有一天晚上，他带了一个同乡来看我，天气热，又是很好的月夜，我们就坐在院子里乘凉。沈比较文雅，他的朋友却很热情，滔滔不绝地对我讲了好些朝鲜爱国志士同日本侵略者斗争的故事。我第一次了解了朝鲜人民艰苦而英勇的斗争，对朝鲜的革命者我始终抱着敬意。我后来就把那些故事写在《发的故事》里面。这以后几十年中间我遇见的朝鲜人不多，也不常同他们接触，但是从几个朋友的口中我也了解一些他们的流亡生活和抗战初期的一些活动。我就在《火》第一部中写了子成、老九、鸣盛、永言这班人，和他们惩罚朝奸的壮举。在小说里子成回忆起朝鲜民歌《阿里朗》。

据说从前朝鲜人到我国满洲流亡，经过阿里朗山，悲伤地唱着它。我一九三八年第四季度在桂林的一次诗歌朗诵会上听见金焰同志的妹妹金炜女士唱这首著名的歌曲，我十分感动，当时正在写小说的这一章，就写了进去。我以前对它毫无所知，却能够把歌词写进小说甚至将歌谱印在发表这一章的《文丛》月刊上，全靠一位朝鲜朋友的帮忙。这位朋友姓柳，是园艺家，几十年来在一些学校或者农场里工作，为中国培养了不少园艺人材。他在当时的朝鲜流亡者中也很有威望。我在上海、在桂林、在重庆、在台北都曾见到他。今天我还没有中断同他的联系。他在湖南农学院教书，有时还托人给我捎一点湖南土产来。我还记得四十几年前他被日本人追缉得厉害，到上海来，总是住在马宗融的家中，几个月里他的头发完全白了。那一家的主妇就是后来发表短篇小说《生人妻》的作者罗淑。抗战初期罗淑患病去世，我们在桂林和重庆相遇，在一起怀念亡友，我看见他几次埋下头揩眼睛。

朋友柳已经年过八十，他仍然在长沙坚持工作，我仿佛看见他的满头银发在灿烂阳光下发亮。听说他从解放了的祖国（朝鲜民主主义人民共和国）获得了鼓励，我应当向他祝贺。《火》第一部出版时我在《后记》的末尾写道："我希望将来还能够有第四部出来，写朝鲜光复的事情。"我不曾实现这个愿望，但我也不感到遗憾，因为朝鲜人民已经用行动写出了光辉诗篇，也一定能完成统一朝鲜的伟大事业。

1980年1月25日。